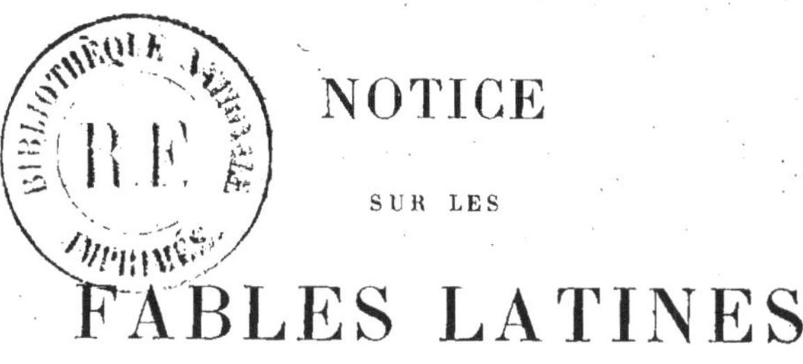

NOTICE

SUR LES

FABLES LATINES

D'ORIGINE INDIENNE

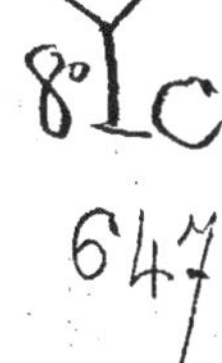

NOTICE

SUR LES

FABLES LATINES

D'ORIGINE INDIENNE

PAR

LÉOPOLD HERVIEUX

PARIS

FIRMIN-DIDOT ET Cie, LIBRAIRES-ÉDITEURS

56, RUE JACOB, 56

1898

AVERTISSEMENT.

Ce n'est pas un livre que je publie ; ce n'en est que la préface. Le livre est entre les mains de l'imprimeur et je ne sais dans combien de mois il en sortira.

Lorsqu'il aura été imprimé, il renfermera les Fables de Jean de Capoue, de Baldo et de Raymond de Béziers. Mais aujourd'hui la préface est seule et je la donne telle qu'elle sera, lorsque les textes la suivront. Or, en plus d'un endroit, le lecteur y est renvoyé, comme s'ils étaient déjà exhibés sous la même couverture, et, faute d'avoir été averti qu'ils n'y sont pas, il pourrait inutilement les y chercher et ne pas s'expliquer leur absence. Cet avertissement était donc indispensable.

Quant aux motifs qui m'ont déterminé à cette publication partielle, je n'ai pas à les dissimuler.

D'abord il y a bien des personnes qui, ne désirant pas connaître les textes latins, trouveront suffisantes pour elles les notions que, sans grande peine, le présent opuscule pourra leur procurer, et je n'ai pas voulu leur faire attendre l'apparition du livre entier.

Ensuite, je ne l'ignore pas, il a été décidé qu'une place

serait faite à Raymond, en sa qualité d'auteur du moyen âge, dans l'Histoire littéraire de la France, et quoique je n'aie en aucune façon la prétention d'imposer mes idées au savant académicien chargé de l'y introduire, j'ai pensé que, quelle que soit mon œuvre, il pouvait lui être utile d'en avoir pris connaissance avant l'accomplissement de la sienne, et pour cela, à défaut du livre qui peut-être paraîtrait trop tard, j'ai cru devoir dès à présent en publier au moins la préface.

L. HERVIEUX.

Janvier 1898.

NOTICE

SUR

LES FABLES LATINES

D'ORIGINE INDIENNE.

CHAPÎTRE PREMIER.

FABLES DE JEAN DE CAPOUE.

SECTION 1.

Origines du « Directorium humanæ vitæ, alias Parabola antiquorum sapientum ».

Si anciennes que soient les fictions nées dans la Grèce antique, elles n'ont pas été les premières. C'est l'Inde qui est réputée avoir été le berceau de la fable.

Selon Loiseleur Deslongchamps (1), il était naturel qu'il en fût ainsi : dans un pays où la croyance au dogme de la métempsychose oblige à reconnaître aux animaux une âme semblable à celle de l'homme, on devait être porté à leur en supposer les passions et à leur en attribuer le langage.

Il devra donc paraître juste qu'après avoir fait une si large place aux traditions ésopiques, je ne néglige pas celles d'origine indienne. D'ailleurs, ne m'occupant que des fabulistes latins, ce n'est que sur ceux qui les ont converties en fables latines que se portera mon attention.

C'est seulement au XIIIe siècle que sous cette forme nouvelle elles ont commencé à être bien connues en Europe, et c'est un Juif italien converti au christianisme, appelé Jean de Capoue pro-

(1) *Essai sur les Fables indiennes et sur leur introduction en Europe.* Paris, 1838, 1 vol. in-8. Voyez p. 6.

bablement du nom de sa ville natale, qui, en donnant d'elles une version latine intitulée : *Directorium humanæ vitæ, alias parabola antiquorum sapientum*, a peut-être le plus contribué à les vulgariser.

Lorsque Jean de Capoue a publié sa version latine, il avait été devancé. Une première avait déjà été faite ; mais elle n'existe plus et l'on n'en peut rien dire d'utile. La sienne au contraire, grâce à la vogue dont elle a joui, s'est conservée, et c'est d'elle comme étant la plus ancienne de celles qui existent encore que nous avons d'abord à nous occuper.

Toutefois, avant d'aborder l'examen du *Directorium humanæ vitæ*, il y a lieu de se reporter à l'œuvre primitive, de montrer quels longs chemins elle a parcourus et dans quel état elle est arrivée jusqu'à lui.

Cette œuvre primitive, c'est la première compilation en langue sanscrite des traditions mythologiques de l'Inde, due à un savant brâhmane, qui s'y est mis en scène ; il y joue le rôle d'un philosophe, qui, interrogé par son souverain sur divers points de morale, recourt sans cesse dans ses réponses à des fables destinées à les faire accepter.

Il avait eu soin de diviser son livre en un certain nombre de chapitres et avait habilement groupé dans chacun d'eux toutes les fables qui se rapportaient à la même thèse philosophique. La thèse discutée dans chaque chapitre était justifiée à l'aide d'une fable principale dont les personnages en employaient d'autres ainsi incorporées en elle.

Cette ingénieuse disposition, sauf quelques modifications qui vont être indiquées, s'est maintenue à travers les siècles ; mais les premiers éléments mis en œuvre ne sont pas restés immuables. Dans les manuscrits indiens qui nous sont parvenus, ce n'est pas le recueil primitif que nous rencontrons ; celui qu'ils renferment ne possède que cinq chapitres et a par suite été appelé *Pantcha-tantra*, c'est-à-dire les cinq sections. Ici, il n'y a plus de philosophe que le roi interroge et qui répond à ses questions. Les cinq sections sont précédées d'une préface dans laquelle on voit adoptée une autre combinaison. Amara-Sacti, roi de Mihilaropya, ayant trois fils également réfractaires à l'étude, demanda à ses conseillers comment il pourrait faire entrer les jeunes princes dans une voie meilleure, et l'un d'eux l'engagea à confier leur éducation à un savant brâhmane nommé Vichnou-sarman. Se conformant à ce conseil, le roi fit appeler le brâhmane qui ne lui demanda qu'un délai de six mois pour leur enseigner complètement la morale et la politique. Le brâhmane composa à leur usage les cinq sections du *Pantcha-tantra*, et la lecture de cet ouvrage développa si bien leurs qualités intellectuelles qu'à l'expiration du délai fixé leur instruction était terminée.

Des cinq sections dont cette préface est suivie, la première est intitulée *Mitra-bhéda*, ou la Rupture de l'amitié; la deuxième, *Mitra-prâpti* ou l'Acquisition des amis; la troisième, *Kâkoloûkika*, ou l'Inimitié des Corbeaux et des Hiboux; la quatrième, *Labdha-pranasana* ou De la Perte des choses acquises; la cinquième, *Aparîkchita-kâritwa* ou la Conduite inconsidérée. La première section, qui est la plus étendue, a pour objet de mettre les rois en garde contre les favoris fourbes qui par jalousie cherchent à les faire croire à la trahison de leurs plus fidèles amis. La deuxième montre combien il est utile aux êtres faibles de s'unir et comment leur union peut les faire échapper aux plus grands périls. La troisième a pour but de faire voir combien il est dangereux de se fier aux faux amis. La quatrième avertit que, faute de prudence, on s'expose à perdre ce qu'on a péniblement acquis. Enfin la cinquième engage à éviter, comme dangereuse, la précipitation.

A quelle époque le recueil primitif a-t-il subi les modifications qui ont donné naissance au *Pantcha-tantra?* L'opinion dominante, c'est que le livre ainsi intitulé ne peut pas remonter plus haut que la fin du ve siècle (1). Mais ce n'est pas une raison pour que cette époque lui soit assignée. Il peut n'être devenu que plus tard ce qu'il est aujourd'hui. Car c'est non par lui, mais par le recueil originaire lui-même que les fables indiennes pénétrèrent en Perse.

Ce fut au commencement du vi^e siècle qu'elles y furent importées. Alors y régnait le fameux Chosroès Nouschirwan, roi de la dynastie des Sassanides. Il avait à sa Cour un médecin nommé Barzouyèh, qui était le premier de ceux du royaume, qui était très

(1) Voir, dans l'*Essai sur les fables indiennes*, p. 28, note 1, les motifs donnés d'après les orientalistes Colebrooke et Wilson, par Loiseleur Deslongchamps qui d'ailleurs se trompe, en faisant de ce livre celui que Chosroès Nouschirwan fit traduire.

considéré et richement traité par le roi et qui, quoiqu'il dirigeât les affaires publiques, n'en était pas moins resté un grand savant. Silvestre de Sacy (1), oubliant que les versions de Jean de Capoue et de Raymond de Béziers, quoique copiées l'une sur l'autre, ne sont pas toujours dans leurs détails complètement identiques, rapporte que d'après les deux, « Barzouyèh, ayant lu dans un livre qu'il y avait dans l'Inde des montagnes produisant des simples capables de rendre la vie aux morts, obtint du roi de Perse la permission d'aller chercher ces médicaments et, après bien des recherches inutiles et des expériences infructueuses, apprit enfin le véritable sens de cet emblème ». C'est bien ce que dit la version de Raymond de Béziers. Mais, d'après celle de Jean de Capoue, les choses se seraient passées autrement : il aurait été fait au roi de Perse présent du livre dont il s'agit, et c'est le roi qui, dans son désir de se procurer des plantes pourvues de propriétés si extraordinaires, aurait pris l'initiative de charger Barzouyèh d'aller à leur recherche. Sur le reste du récit les deux versions sont d'accord.

Lorsque j'analyserai le *Directorium*, je ferai connaître la curieuse narration qu'elles font du voyage de Barzouyèh. Quant à présent je me contente de dire qu'il en rapporta le recueil primitif des fables indiennes, traduit par lui en langue pehlewie et qu'il intitula sa traduction *Livre de Kalila et Dimna*, à cause du rôle important joué dans la principale fable par deux personnages ainsi nommés. Ce qui, d'après Joseph Derenbourg (2), prouve que c'est bien Barzouyèh qui adopta ce titre, c'est que dans la vieille version syriaque faite par Boud sur le texte pehlewi le traducteur a retenu les formes du vieux persan *Kalilag et Dimnag*, où l'arabe a remplacé, comme d'habitude, le *g* par l'*h*.

Quoi qu'il en soit, la traduction pehlewie ayant été faite sur le plus ancien recueil sanscrit, on doit, après ce qui a déjà été dit, comprendre et, avec le savant Benfey, admettre qu'elle devait le représenter plus fidèlement que les manuscrits du *Pantchatantra* et que, si cette traduction existait encore, on serait mieux éclairé qu'on ne l'est sur le contenu de la première compila-

(1) *Notices et extraits des manuscrits de la Bibliothèque du Roi*, t. X, 1re partie, p. 108.

(2) Johannis de Capua *Directorium vitæ humanæ*, etc. Paris, 1887, 1 vol. in-8°. Voyez *Avant-propos*, p. VII.

tion indienne. Malheureusement l'œuvre de Barzouyèh a disparu.

Ce qui est certain, c'est qu'elle avait charmé Nouschirwan. Aussi avait-il voulu témoigner au traducteur sa satisfaction, en lui demandant quelle faveur il désirait et en lui affirmant qu'elle lui serait accordée. Ce que le célèbre médecin convoitait par-dessus tout, c'était parvenir à immortaliser son nom, et, espérant ainsi voir son rêve se réaliser, il pria le roi de faire écrire l'histoire de sa vie par son illustre vizir Buzurdjmihr, fils de Bakhtégan et de la faire placer en tête du premier chapitre de sa traduction. Nouschirwan s'empressa de lui faire donner satisfaction par son vizir qui, sans doute pour procurer à sa rédaction une autorité plus grande, lui donna la forme d'une autobiographie. On la retrouvera dans le *Directorium humanæ vitæ*.

Nouschirwan avait fait placer le livre dans son trésor, et il y fut précieusement conservé par ses successeurs jusqu'en 652, date à laquelle, sous le règne de Yezdergherd, fils de Schehryar, leur empire fut détruit par les Arabes, qui s'empressèrent d'anéantir les monuments de la littérature persane.

La traduction de Barzouyèh disparut elle-même, et pendant un siècle on put la croire perdue. Puis les khalifes qui en avaient entendu parler, conçurent un vif désir de la posséder et la firent activement rechercher. Enfin au VIIIe siècle, sous le règne d'Abou-Djafar Abdallah Mansour, second khalife Abbasside, elle fut retrouvée.

Mansour, voulant en posséder une version dans sa langue, chargea aussitôt un Persan converti à l'islamisme, appelé Rousbeh et plus connu sous le nom d'Abd-allah ibn Almokaffa, de la traduire de pehlewi en arabe.

Ce traducteur conserva au livre le nom de *Kalila et Dimna*, et y fit deux additions : il plaça en tête une introduction contenant des considérations sur sa nature et sur la manière de le lire pour en tirer profit, et il intercala dans le texte le chapitre relatif à l'instruction du procès de Dimnah, chapitre qui se distingue du reste de l'ouvrage par l'élévation des idées morales et montre que celui qui l'a écrit n'était pas un esprit vulgaire (1).

(1) Comme ce chapitre n'existe ni dans le *Pantcha-tantra* ni dans la vieille version syriaque de Boud, et qu'il figure pour la première fois dans le texte arabe, on est bien obligé de l'attribuer à Abdallah ibn Almokaffa.

En 1816, Silvestre de Sacy a publié le texte arabe (1). Son édition se divise en dix-huit chapitres. Mais si l'on déduit les trois occupés par le prologue du livre, la mission de Barzouyèh et l'introduction d'Abdallah ibn Almokaffa, il n'en reste que quinze, c'est-à-dire deux de moins que ceux du *Directorium humanæ vitæ*, et les deux manquants sont celui des Oiseaux et de leurs associés qui se trahissent et celui de la Colombe, du Moineau et du Renard. Silvestre de Sacy les considère comme une addition postérieurement faite par le traducteur hébreu dont il va être parlé. Mais sa supposition est inexacte. Elle vient de ce que les manuscrits de la Bibliothèque nationale dont il s'est servi ne les possédaient pas et de ce qu'il n'a pas cru qu'ils pussent exister dans d'autres exemplaires du même texte arabe. Lorsque nous nous occuperons de Raymond de Beziers, nous verrons que la vieille version espagnole dont il s'est servi avait été directement faite sur ce texte et qu'elle comprenait les deux derniers chapitres du *Directorium*. Enfin, ce qui prouve mieux que tous les raisonnements qu'Ibn Almokaffa les avait introduits dans sa version, c'est que J. Derenbourg les y a trouvés et les a publiés (2).

Signalons, en passant, que c'est dans cette version qu'apparaissent pour la première fois les noms de *Bidpaï* et de *Dabschélim*, et, comme il est probable qu'en sa qualité de simple traducteur, Ibn Almokaffa ne les a pas inventés et qu'il les a reproduits tels que le texte pehlewi les lui avait fournis, il est à croire que le premier des deux personnages était, suivant l'opinion courante, tout à la fois l'auteur du recueil primitif des fables indiennes en langue sanscrite et le philosophe qui les emploie à fortifier ses raisonnements, et que le second était le souverain qui, dans ce recueil, est censé le questionner.

La version d'Ibn Almokaffa a été le point de départ de presque toutes celles qui l'ont directement ou indirectement suivies, et elles ont été nombreuses. Ne nous arrêtons qu'à celles qui peuvent nous intéresser, commençons par négliger la version que l'émir Samanide Schéhid Abou'lhasan Nasr, fils d'Amed Samani, qui régna de 914 à 943 sur le Khorasan, ordonna au poète Roudeghi d'écrire

(1) *Calila et Dimna, ou fables de Bidpaï, en arabe*, par Silvestre de Sacy. Imprimerie royale, 1816. 1 vol. in-4°.

(2) *Directorium vitæ humanæ*, etc. Voyez pp. 323 à 349.

en vers persans, et hâtons-nous de passer à une autre en prose persane exécutée au XIIe siècle sur l'ordre d'Abou'Imodhaffer Bahram schah, sultan de la dynastie des Gaznévides.

Ce prince, qui était un protecteur zélé des savants et des gens de lettres, chargea Abou' Imaali Nasr-allah, lettré qui passait pour le plus grand écrivain de son temps, de traduire en langue persane la version arabe d'Ibn Almokaffa. Nasr-allah non seulement s'acquitta de ce mandat, mais encore écrivit, pour être mise en tête de sa version, une longue introduction dans laquelle il exposait l'histoire du livre.

Elle semble, en ce qui touche le nombre des chapitres de la version arabe, donner raison à notre grand orientaliste; car le traducteur persan y affirmait que cette version n'en possédait que seize. Mais il est probable que le manuscrit arabe dont au XIIe siècle Nasr-allah s'était servi, était pareil à ceux dont, dans notre temps, Silvestre de Sacy lui-même a fait usage.

Quoi qu'il en soit, Nasr-allah ne s'est pas borné à dénombrer et à traduire les chapitres; allant plus loin, il a cru pouvoir affirmer que des seize, dix venaient des Indiens et six des Persans. Les premiers, qui étaient les chapitres III à XII, correspondaient aux chapitres II, III, IV, V, VI, VII, VIII, IX, XIII et XI du *Directorium humanæ vitæ*, et les seconds qui étaient les chapitres I, II, XIII, XIV, XV et XVI, à la préface d'Abd-allah ibn Almokaffa et aux chapitres I, XII, X, XIV et XV de la même version. Il serait bien difficile de vérifier si cette division en deux groupes répond bien exactement à la différence d'origine; mais ce qui, de prime abord, saute aux yeux, c'est que la dissertation d'Ibn Almokaffa figurant parmi les seize chapitres, il y en a au moins un qui n'appartient ni à l'Inde ni à la Perse.

La liste des chapitres dressée par Nasr-allah, quoiqu'il y manque les deux derniers du *Directorium*, permet d'apercevoir la différence profonde qui existait entre le *Kalila et Dimna* et le *Pantcha-tantra*. D'abord, tandis que le premier comprend seize chapitres, le second n'en possède que cinq. Et il ne faudrait pas croire qu'il n'y a de différence que dans la division des chapitres, qu'au fond il n'en existe pas et que dans les deux livres les fables sont les mêmes et en égal nombre. En effet, les cinq sections du *Pantcha-tantra* ne sont en corrélation qu'avec les chapitres II, IV, V, VI et VII du

Kalila et Dimna, et en ce qui touche les fables, quoique ce dernier recueil soit celui des deux qui en renferme le plus, chacun d'eux en possède une notable quantité qui n'existe pas dans l'autre.

Il ne nous reste plus qu'à porter un instant notre attention sur la version hébraïque qui a été faite du texte arabe. Le Florentin Doni, dans sa *Filosofia morale* (1), l'attribue à un juif nommé R. Joël, et J. Derenbourg déclare n'avoir aucune raison sérieuse de contester l'exactitude de cette affirmation (2). « Doni, dit-il, comme ses contemporains chrétiens de la Renaissance, était certainement en rapport avec des savants juifs qui pouvaient lui avoir communiqué le nom de l'auteur d'après l'original hébreu qu'ils avaient entre les mains. »

Quant à l'époque à laquelle R. Joël a vécu, on ne saurait la déterminer exactement. J. Derenbourg croit qu'on ne sera pas loin de la vérité, si l'on place R. Joël au commencement du XIIe siècle. Mais cette opinion ne saurait être admise.

Suivant Silvestre de Sacy, la version de Nasr-allah devait être déjà connue, lorsque R. Joël composa la sienne. On se rappelle que la traduction de Jean de Capoue nous montre Nouschirwan, après avoir lu qu'il existait dans les montagnes de l'Inde des simples qui avaient la vertu de rendre la vie aux morts, donnant mandat à Barzouyèh d'aller à leur recherche, et ce dernier ne les découvrant pas et finissant par apprendre le véritable sens de ce que son souverain avait lu. Or, la relation du voyage de Barzouyèh n'existe pas sous cette forme poétique dans la version arabe, et si on la trouve ainsi relatée dans le *Directorium humanæ vitæ*, c'est parce que le traducteur hébreu l'avait tirée de la préface de Nasr-allah pour en embellir l'histoire de la découverte de Barzouyèh. Mais Nasr-allah, d'après Fraser, écrivait sa préface vers 1116; il n'est donc pas possible, pour qui songe que c'est en Perse qu'il écrivait, que sa version se soit répandue en Europe avant le milieu du XIIe siècle qui, dès lors, devait être déjà dans sa seconde moitié lorsque R. Joël travaillait à sa version.

Cette version n'a pas eu un très heureux sort. A la Bibliothèque nationale, parmi les manuscrits hébreux il en existe bien un exem-

(1) *La Filosofia morale del' Doni, tratta da molti antichi scrittori.* Venise, 1552 et 1606, 1 vol. in-4°.

(2) *Directorium vitæ humanæ*, etc. Voyez *Avant-propos*, p. XIII.

plaire. Mais cet exemplaire probablement unique a perdu une partie de ses feuillets; des soixante-seize dont il se composait il ne reste que les quarante-deux derniers. Benfey (1) avait supposé que plus de la moitié de la version avait disparu. Mais l'édition que J. Derenbourg (2) en a publiée, a permis de savoir exactement à quoi s'en tenir. On a ainsi appris que la partie conservée commençait par la fable du Bouvier et de ses deux femmes, qu'au cours de l'instruction de son procès Dimna récite à l'appui de sa défense, et, comme ce procès fait l'objet du chapitre III, et que la version complète en comprend dix-sept, on voit que, malgré la place importante que les trois premiers occupent dans le livre, le mal est un peu moins grand que Benfey n'avait été porté à le croire.

L'édition de J. Derenbourg a eu une double utilité; elle n'a pas seulement permis de connaître exactement l'importance de ce qui manquait au manuscrit; elle a encore montré, par l'ordre et le nombre tant des chapitres que des fables, que la version de Joël était en parfaite harmonie avec le *Directorium* et que ce dernier en était incontestablement issu.

Nous avons ainsi sommairement passé en revue les textes qui ont abouti à la version latine de Jean de Capoue.

SECTION II.

Biographie de Jean de Capoue.

Avant de faire connaître la version, disons quelques mots du traducteur. On ne sait guère de Jean de Capoue que ce qu'il a dit de lui dans le prologue de son *Directorium*. Là, en se dénommant *Johannes de Capua*, il nous révèle d'abord son nom et le lieu de sa naissance. Il nous apprend ensuite qu'il est Israélite et qu'il a été par une inspiration venue de Dieu conduit des ténèbres du judaïsme aux clartés de la foi orthodoxe.

Suivant J. Derenbourg, c'est vers 1265 (3) qu'il reçut le baptême; mais cette date est bien hypothétique.

Quoi qu'il en soit, après s'être converti, voyant que beaucoup

(1) *Pantchatantra*, I, 14.

(2) *Deux versions hébraïques du livre de Kalîlâh et Dimnâh*. Paris, Vieweg, 1881, 1 vol. in-8.

(3) *Directorium vitæ humanæ*, etc. Voyez *Avant-propos*, p. XVI.

d'ouvrages savants relatifs aux Saintes Écritures, à la morale et à la médecine, étaient composés en langue hébraïque, il jugea utile de les traduire en latin, pour qu'ils pussent servir à l'instruction de ses nouveaux coreligionnaires. Parmi ces ouvrages le livre de *Kalila et Dimna* lui parut un de ceux qui méritaient le plus d'être vulgarisés. Il en entreprit l'interprétation avec l'intention spéciale, dit-il, d'honorer la Sainte-Trinité et de procurer par elle santé et longue vie au « révérend père et seigneur Mathieu, par la grâce de Dieu cardinal du titre de Sainte-Marie *in porticu.* »

Ce cardinal, dont le nom véritable était Matthæus Rubens Ursinus et qui était neveu du pape Nicolas III, avait été créé cardinal diacre vers 1263, nommé archi-prêtre de Saint-Pierre en 1278 et protecteur des Frères mineurs en 1279, et, comme Jean de Capoue ne lui donne pas ces deux derniers titres, Silvestre de Sacy en conclut qu'au moment où la version lui était dédiée il n'en était pas encore revêtu et que par conséquent ce serait entre les deux dates de 1263 et de 1278 que le *Directorium* aurait été composé. Mais de l'omission de ces deux titres peut-on tirer une telle conclusion? Cela est bien douteux; pour ne pas se tromper, il faut plutôt dire que c'est entre 1263 et 1305 que la traduction doit être placée; car, ainsi que J. Derenbourg le fait observer, c'est jusqu'à cette dernière date que le cardinal Mathieu porta la pourpre romaine.

On sera peut-être plus près de la vérité en plaçant le livre à égale distance des deux dates. Ce qui autorise cette supposition, ce sont les autres versions que, poursuivant son entreprise, il fit longtemps après l'année 1263. Telle est celle du Taïsîr d'Avenzohr dédiée par lui à l'archevêque de Braga qui, si, comme le croit J. Derenbourg, c'était Martin d'Oliveira, fut à la tête de ce diocèse de 1292 à 1313; telle est aussi celle de la Diététique de Maïmonide, dédiée par lui au pape Boniface VIII, qui occupa de 1294 à 1303 le trône pontifical (1). Quand on considère quelle est la date la plus ancienne à laquelle ces deux traductions puissent être reportées, on voit qu'elles seraient encore assez loin de l'année 1263 pour qu'on ne dût pas assigner cette date au *Directorium* qui, dès lors, n'a pu être composé que beaucoup plus tard.

Voilà à quoi se réduit ce qu'on sait de Jean de Capoue. J. Deren-

(1) *Directorium vitæ humanæ*, etc. Voyez *Avant-propos*, pp. XIV et XV.

bourg prétend qu'il avait étudié la médecine ; c'est probable ; mais il est à croire qu'il ne l'exerça pas, puisqu'il ne prend pas le titre de médecin et qu'il déclare lui-même s'être consacré à des traductions de livres hébraïques susceptibles d'être utiles aux chrétiens. C'est l'une d'elles qu'il a intitulée : *Directorium humanæ vitæ*.

SECTION III.

Analyse du « Directorium humanæ vitæ ».

Le *Directorium* est divisé en dix-sept chapitres précédés eux-mêmes d'un prologue, d'une introduction et de l'histoire du voyage de Barzouyèh dans l'Inde.

Le prologue n'est qu'un court avant-propos dont a été tiré ce qui vient d'être dit de Jean de Capoue ; nous n'avons donc plus à l'analyser.

L'introduction est celle qu'Abdallah ibn Almokaffa a composée pour faire connaître l'esprit et l'utilité du livre.

Jean de Capoue n'ayant voulu rien mêler dans son prologue à ce qui avait trait à sa personne, avait été ainsi amené à faire en tête et à la fin de l'introduction deux petites additions.

Dans la première, il montre quelle filière l'ouvrage a suivie. Voici comment il s'exprime : « Hic est liber parabolarum antiquorum sapientum nationum mundi, et vocatur *Liber Kelile et Dimne*, et prius quidem in lingua fuerat Indorum translatus (1), inde in linguam translatus Persarum, postea vero reduxerunt illum Arabes in linguam suam ; ultimo exinde ad linguam fuit redactus Hebraïcam. » Il est évident que ces phrases ne peuvent être la traduction du langage d'Ibn Almokaffa ; car ce dernier n'aurait pu parler de la version hébraïque faite sur la sienne. Ce début ne peut avoir été imaginé que par Jean de Capoue qui, d'ailleurs, immédiatement après rentrant dans son rôle, redevient simple traducteur.

Ibn Almokaffa, à qui la parole est donnée, fait l'éloge du livre, qui à ses yeux est aussi utile au sage qu'au fou et à l'enfant et qui leur ouvre les voies de la justice et de la vérité. Il faut, dit-il, y

(1) Il est probable qu'il n'y a ici qu'une faute d'inattention. En tous cas, comme l'observe Silvestre de Sacy, il faut lire : *scriptus*. Voyez *Notices et extraits des manuscrits*, etc. T. X, 2ᵉ partie, p. 12, note 1.

distinguer ce qu'il dissimule sous ce qui est apparent. Lorsqu'on l'aura bien étudié et bien compris, aucun autre livre ne sera nécessaire.

Pour rendre plus palpables les enseignements qu'il renferme, il a recours à diverses fables qui sont les suivantes : 1° L'Homme qui, ayant trouvé un trésor, est trompé par les gens chargés de le porter chez lui ; 2° L'Ignorant qui essaie en vain de passer pour savant ; 3° Le Père de famille qui s'endort en épiant un Voleur ; 4° L'Aveugle et le Clairvoyant qui tombent tous les deux dans une fosse ; 5° Les deux Associés, dont l'un perd sa part en voulant s'approprier celle de l'autre ; 6° L'Homme pauvre s'emparant du vêtement d'un Voleur qui, en s'enfuyant, le lui a laissé.

Comme nous l'avons annoncé, à l'introduction a été ajouté un alinéa qui la termine. Il est ainsi conçu : « Inquit ille qui transtulit hunc librum ex lingua Persarum in linguam *hebraïcam* (1) : Quando studuimus in hoc libro, visum est nobis addere in eo unum capitulum ex dictis Arabum collectum, in quo declaravimus per verba utilia et exposuimus studentibus in dictis sapientie et diligentibus eam, huius libri secretum. Et est istud capitulum quod durat a principio libri usque huc. » Ibn Almokaffa est ainsi censé avoir expliqué qu'il avait, en se servant du langage et des préceptes arabes, écrit son introduction pour dévoiler à ceux qui étudient et qui aiment la science les secrètes pensées répandues dans le livre.

L'histoire du voyage de Barzouyèh dans l'Inde, qui suit cette introduction, est annoncé par les mots : *Incipit liber;* ce qui montre que, dans la pensée de Jean de Capoue, il ne va plus être question d'un simple exposé préliminaire et que c'est le livre lui-même qui va commencer. Cependant du récit qui se place ici il ne fait pas non plus le premier chapitre ; il juge plus commode de ne lui donner aucun titre.

Quoi qu'il en soit, je vais faire connaître ce qu'on y trouve. Pour cela je suis obligé de me répéter un peu. J'espère qu'on voudra bien me le pardonner.

Au temps où Chosroès Nouschirwan, que Jean de Capoue dénomme Anastrès Casri, régnait sur la Perse, il lui fut fait pré-

(1) Il faut lire *arabicam*, comme l'indique Silvestre de Sacy, *Notices et extraits des manuscrits*, etc., t. IX, 1re partie, p. 400 et t. X, 2e partie, p. 18, note 1.

sent d'un curieux livre. D'après ce qu'il y lut, il aurait existé sur les hautes montagnes de l'Inde des végétaux susceptibles d'être transformés en médicaments qui avec l'aide de Dieu réveillaient les morts. Il y avait alors à la Cour un médecin nommé Barzouyèh qui était le premier de ceux du royaume, qui était très considéré et richement traité par le roi et qui, quoiqu'il dirigeât les affaires publiques, n'en était pas moins resté un grand savant. Nouschirwan, ainsi que nous l'avons déjà vu, chargea le célèbre Barzouyèh de rechercher les plantes signalées et, pour lui faciliter sa mission, lui donna les subsides nécessaires et lui remit pour les rois de l'Inde des lettres de recommandation accompagnées de présents. Ceux-ci le firent escorter dans les montagnes de leurs divers pays.

Pendant toute une année Barzouyèh se consacra à sa mission, recueillit des plantes et en fit des médicaments ; mais, lorsqu'on lui demanda de les expérimenter, il ne put ressusciter personne. Jugeant alors tous les livres menteurs, il s'en sépara et resta fort embarrassé ; car il craignait, s'il rentrait ainsi en Perse, d'être mal accueilli par son souverain. Comme il faisait part de sa déconvenue aux savants de l'Inde, ils lui répondirent qu'ils avaient consulté les mêmes textes, et qu'ayant poursuivi leurs investigations ils avaient fini par découvrir un livre de science qui leur avait fait comprendre que les montagnes étaient les hommes intelligents et sages, les arbres et les plantes, la sagesse et l'intelligence qui naissent dans les cœurs, les remèdes qu'on en tire, les livres scientifiques, les morts qui ressuscitent, les niais et les ignorants qui, réputés morts, reviennent à la vie par la méditation des ouvrages des savants.

Ainsi éclairé, Barzouyèh chercha et découvrit le livre indiqué, et, comme il était écrit dans la langue de l'Inde, il le traduisit dans celle de la Perse ; puis il revint auprès de Nouschirwan. Ce dernier, considérant les traités de philosophie et de science comme pouvant procurer aux rois les plus grandes délices, le chargea d'en acheter et réunit dans son palais un grand nombre de livres parmi lesquels figura celui qui est appelé *Kelila et Dimna*.

Tel est le récit du voyage de Barzouyèh. Par qui a-t-il été écrit? Nous avons vu que Silvestre de Sacy attribuait à Nasr-allah l'enjolivement qu'il a reçu. Mais sa première rédaction est plus ancienne, et, selon J. Derenbourg (1), c'est dans la version pehlewie qu'Abdallah ibn Almokaffa avait dû la trouver. Mais dire par qui elle y avait été introduite, voilà ce qui n'est guère possible.

Ce récit est suivi de la nomenclature des dix-sept chapitres du livre. Passons-les en revue.

I. — *Histoire de Barzouyèh.* — Ce chapitre enseigne les règles de conduite à suivre dans la vie.

Nous savons déjà dans quelles circonstances et par qui, sous la forme d'une autobiographie, cette histoire a été tout d'abord écrite. Il s'agit maintenant de faire sommairement connaître ce que Barzouyèh est censé dire de lui-même.

Né de parents nobles et préféré par eux à ses frères, il reçut une instruction meilleure. Dès l'âge de sept ans, il était mis à l'étude de la médecine. Lorsqu'il fut en état de comprendre l'utilité de cette science, il se félicita du parti que son père avait pris de la lui faire enseigner. Ayant senti qu'il l'avait acquise, il se demanda à laquelle il allait aspirer des quatre choses suivantes que les hommes peuvent acquérir : richesses, plaisirs, bonne réputation, récompenses de la vie future, et il opta pour ce dernier bien. Il lui parut dès lors qu'il devait soigner les malades non pour s'enrichir, mais pour honorer Dieu.

Il raconte qu'il s'est adressé à son âme et que dans huit allocutions qu'il répète il lui a donné divers conseils qui ont eu tous pour objet de l'induire à travailler pour l'éternité.

Il n'en a pas moins passé par de nombreuses tergiversations. Il s'est dit que la guérison des maladies n'empêchait pas leur retour, qu'il y avait quelque chose de supérieur à la médecine, à savoir le droit et l'équité et, ayant vu les livres de médecine ne s'occuper ni de foi, ni de loi, ni enseigner la bonne voie, il les a dédaignés. Il s'est enquis du langage des savants, il s'est aperçu qu'ils parlaient et agissaient plus suivant leur tempérament que d'après le droit et l'équité, et il a dû ne s'en rapporter à aucun d'eux.

Pour être plus sûr de ne pas égarer sa foi et savoir ce qu'il était préférable de croire, il a étudié les lois, cherché quelle était la meilleure et n'en a rencontré aucune qui pût satisfaire son esprit. Il en a conclu que le mieux était de revenir simplement aux

(1) *Directorium vitæ humanæ*, etc. Voyez, p. 14, note 1.

principes paternels; mais, en les examinant, il n'a pas trouvé de bonne raison pour les suivre.

Voyant sa vie se passer en vaines recherches, il s'est demandé si pour lui le moment n'était pas venu de se retirer du monde; dans son indécision il en est arrivé à craindre de finir, en voulant faire mieux, par agir plus mal qu'au début.

Alors il a résolu de faire ce que sa conscience estimerait pur et ce qui partout était réputé bon.

Puis il en est revenu à mépriser le monde et ses vanités et à songer à la vie religieuse; mais en même temps il a appréhendé de ne pouvoir la supporter et d'être dans la nécessité, après l'avoir adoptée, de se rendre à la société.

Il a continué à réfléchir, et ses réflexions en somme lui ont fait sentir combien aux conséquences des jouissances mondaines de peu de durée suivies d'une éternelle affliction, était préférable une temporaire austérité suivie d'une félicité éternelle. Aucun homme sensé ne peut en effet négliger le salut de son âme, et la satisfaction de ses cinq sens est trop peu de chose pour lui faire oublier l'avenir.

Enfin, il déclare qu'il a décidé de se faire ermite, de se consacrer au culte divin et de s'assurer le bonheur de la vie future, en faisant pénitence de ses fautes passées, en s'abstenant d'en commettre de nouvelles et en persistant dans cette ligne de conduite jusqu'à la fin de son existence.

Ces raisonnements, beaucoup plus développés par l'auteur de sa biographie, semblent avoir été pour ce dernier une occasion cherchée de réciter des fables à titre d'exemples justificatifs. C'est ainsi qu'il montre : Le Marchand de soie qui vend sa marchandise à vil prix; le Voleur à qui on fait accroire que les rayons de la lune peuvent lui servir d'échelle; l'Amant qui, se trompant de sortie, est attrapé par le Mari de la Femme adultère; le Joaillier qui veut faire percer des perles et qui est obligé de payer à l'Ouvrier le temps qu'il lui a fait perdre à chanter; le Chien qui, franchissant une rivière, est trompé par l'ombre de la viande qu'il porte; l'Homme qui passe d'un danger à l'autre et succombe sous l'attrait d'une jouissance passagère.

Telle est dans le premier chapitre l'histoire de Barzouyèh. On y sent le moyen âge; un moine de ce temps n'aurait pas autre-

2

ment parlé. Quand je songe d'une part à la situation élevée qu'à son retour de l'Inde le médecin de Nouschirwân avait reprise à la Cour de ce roi, et quand, d'autre part, je vois lui attribuer le dédain des plaisirs terrestres, la croyance aux récompenses éternelles de la vie future et, pour les mériter, la résolution de se faire ermite, je ne puis m'empêcher de penser que, s'il a eu pour biographe un homme qui était à la fois son compatriote et son contemporain, l'histoire de sa vie a dû être par les traductions successives considérablement modifiée.

II. — *Le Lion et le Taureau.* — Ce chapitre montre ce que peuvent les fausses dénonciations pour mettre la division entre les amis.

Le deuxième chapitre du *Directorium* est à proprement parler le premier ; car c'est avec lui que commencent les fables d'origine indienne par la principale d'entre elles, dans laquelle figurent deux animaux frères, appelés *Kalila* et *Dimna.*

Nous avons déjà eu l'occasion de dire comment à l'origine ce recueil avait été conçu ; la disposition adoptée consiste dans des conférences entre un roi et un philosophe ; le roi l'interroge sur divers points de morale, et le philosophe mêle à ses réponses des fables destinées à les rendre plus tangibles et à les faire plus aisément accepter. Dans le *Directorium* le roi est nommé *Dislès* et le philosophe, *Sendebar.*

Dans la version arabe, où leurs noms apparaissent pour la première fois, ils avaient été appelés *Dibschélim* et *Bidpaï*. Silvestre de Sacy explique comment ces différences se sont produites (1). Selon lui, elles sont dues au traducteur hébreu. En supposant, dit-il, que dans le manuscrit arabe les noms étaient écrits sans aucun point diacritique, ce qui est ordinaire, on pouvait lire aussi bien *Dislem* que *Dabschlim* et indifféremment *Bidpaï* et *Sendebaï*. Cela étant, les copistes hébreux ont sans doute changé *Dislem* en *Dislès,* et de *Sendebaï* ils ont dû d'autant plus facilement faire *Sendebar* que le roman intitulé : *Les Paraboles de Sendabar* (2), leur avait fait connaître un nom presque pareil.

Dans le chapitre II, dès la première ligne, le philosophe Sen-

(1) *Notices et extraits des manuscrits*, etc., t. IX, 1re partie, p. 402.

(2) *Essai sur les Fables indiennes*, par Loiseleur-Deslongchamps. Voyez p. 80 et suiv.

debar entre en scène, et quelques lignes plus loin il est question d'un pays désigné par le même nom. L'attribution de ce nom au philosophe étant le résultat de l'altération de Sendebaï, on pourrait être porté à penser que Sendebar n'est pas un nom d'homme ; mais, d'après J. Derenbourg, le nom à changer serait celui de la contrée, qu'il faudrait appeler *Desendabar* (1).

C'est encore dans le chapitre II que commence à être pratiquée la disposition connue consistant à recourir d'abord à une fable principale, dont ensuite les personnages, à l'appui de leurs thèses, en récitent d'autres ainsi encadrées dans la première. Dans l'analyse que je vais faire de ce chapitre et des suivants, on me pardonnera de m'abstenir, pour abréger, de mentionner les fables accessoires.

Je dois cependant expliquer que la fable principale du deuxième chapitre est précédée de trois autres qui en sont en quelque sorte le préambule ; ce sont celles du riche marchand et de ses trois fils, des deux bœufs *Senesba* et *Chenedba* tombés dans un bourbier et du bœuf poursuivi par un loup.

Puis le vrai drame s'engage ; le lion a pris pour favori le bœuf Senesba à qui il confère les plus hautes dignités de la Cour. Bientôt trompé par les habiles calomnies de Dimna, il le croit coupable de trahison et le met à mort, mais ne tarde pas à éprouver de profonds regrets.

III. — *Procès, condamnation et mise à mort de Dimna.* — Ce chapitre montre que le sang injustement versé retombe sur celui qui l'a fait répandre.

Le lion éprouve des doutes au sujet de la culpabilité de Senesba ; les soupçons que lui inspire la conduite de Dimna sont encore aggravés par une demi-confidence de sa mère renseignée, sous la promesse du secret, par un léopard qui, en passant devant la porte de Dimna, a entendu sa conversation avec son frère. Les Grands sont convoqués, et Dimna, malgré la défense qu'il a présentée dans leur réunion, est conduit en prison. Kalila va l'y voir et leur entretien est surpris par un loup détenu dans une cellule voisine. L'instruction se poursuit ; mais devant la persistance de Dimna à se prétendre innocent, le lion hésite à le condamner. Enfin sa mère fait

(1) *Directorium vitæ humanæ,* etc. Voyez p. 36, note 4.

venir le léopard et le loup, et sur leurs dépositions Dimna est condamné et exécuté.

IV. — *La Colombe, la Souris, le Corbeau, la Tortue et le Cerf.* — Ce chapitre fait ressortir les avantages de l'union entre amis.

Un corbeau perché sur un arbre voit une colombe maîtresse et ses compagnes prises sous le filet d'un chasseur. Les colombes réunissant leurs efforts soulèvent le filet et par-dessus les forêts et les montagnes se dirigent vers la caverne d'une souris amie, qui, appelée par la colombe maîtresse, les délivre toutes.

Le corbeau qui les avait suivies sollicite l'amitié de la souris qui, sachant qu'il est son ennemi naturel, se méfie, puis, après longue discussion, se décide à sortir de sa caverne.

Tous les deux se rendent auprès d'une tortue, ancienne amie du corbeau. Sur la demande qui lui est faite par les deux autres, la souris leur raconte les souffrances de sa vie passée. « Habitant, dit-elle, dans la demeure d'un religieux et douée d'une grande force, je dégarnissais chaque jour son garde-manger, malgré la hauteur à laquelle il était suspendu. Un pèlerin hébergé par le religieux soupçonne à ma vigueur une cause mystérieuse. On cherche, on creuse le sol de ma caverne, on découvre un trésor en pièces d'or, on l'enlève, et je perds aussitôt ma force. Mes camarades à qui j'avais toujours distribué mon superflu, ne recevant plus rien de moi, me bafouent et m'abandonnent; car telle est la conséquence ordinaire de la pauvreté. » Après avoir, pour reprendre le trésor, fait d'inutiles efforts d'où elle n'a retiré que coups et blessures, la souris a quitté la maison du religieux et s'est retirée dans un lieu désert. La tortue et le corbeau la félicitent de sa résignation.

Pendant que les trois nouveaux amis conversent ainsi, un cerf, poursuivi par des chasseurs, arrive près d'eux et est bien accueilli. Un jour, ne le voyant pas rentrer à l'heure ordinaire, les trois animaux s'inquiètent. Le corbeau, en s'élevant dans les airs, l'aperçoit pris dans un filet. La souris est immédiatement chargée d'en aller couper les mailles. La tortue qui l'accompagne est blâmée par le cerf de s'exposer ainsi à être prise par les chasseurs. En effet, tandis qu'il est sauvé, elle est saisie et garrottée.

La souris se désole; mais le corbeau et le cerf lui font observer qu'il faut agir. Elle leur suggère une ruse par laquelle ils peuvent détourner l'attention des chasseurs, pendant qu'elle délivrera la tortue. La ruse réussit et les quatre amis rentrent tranquillement chez eux.

V. — *Les Hiboux et les Corbeaux.* — Ce chapitre enseigne qu'on ne doit pas se laisser circonvenir par les belles paroles de son ennemi et que, pour le vaincre, il faut avoir recours à la ruse.

La Communauté des corbeaux, établie sur un arbre près d'une caverne où demeure la Communauté des hiboux, est attaquée par cette dernière pendant la nuit et mise en déroute.

Le matin, ayant vu le champ de bataille jonché des cadavres des siens, le roi des corbeaux convoque cinq conseillers privés. Le premier opine pour la fuite; le deuxième est d'avis de continuer la lutte; le troisième conseille d'envoyer un parlementaire autorisé à offrir un tribut; le quatrième préfère une retraite temporaire pendant laquelle on préparerait une revanche; le cinquième combat tous les conseils donnés, pense que la ruse peut seule être efficace et demande au roi un entretien secret, afin de ne dévoiler son plan qu'à lui.

Seul avec le roi qui lui demande quelle est la cause de l'inimitié des hiboux, le corbeau la lui explique. Il raconte qu'un jour, les oiseaux s'étant assemblés pour élire un roi et leurs suffrages s'étant portés sur un hibou, un corbeau qui passait, appelé et consulté, exposa les défauts et les vices des hiboux. Comme les oiseaux ainsi édifiés ne voulaient plus du hibou, il dut se retirer, mais il voua une implacable haine au corbeau qui s'est repenti, mais trop tard, d'appréciations qu'il eût mieux fait de ne pas formuler.

Le roi demande alors au corbeau à quelle ruse il a songé. Celui-ci invite le roi à le frapper jusqu'au sang et à s'éloigner ensuite avec son armée, afin que les hiboux le relèvent délaissé et meurtri. Il est par eux aperçu dans cet état et mené à leur roi. Devant lui il prétend avoir été ainsi maltraité à cause du conseil qu'il avait donné aux siens de faire la paix avec les hiboux et de s'obliger à leur payer un tribut. Trois conseillers assistent le roi. Une discussion s'engage entre eux au sujet de la résolution à adopter à l'égard du corbeau : faut-il le tuer, ou le traiter avec humanité, ou le retenir pour tirer de lui des renseignements utiles au sujet des agissements des ennemis? L'un des trois conseille de ne pas se laisser prendre aux apparences et de faire périr le corbeau. Contrairement à cet avis le roi l'admet dans son intimité et est charmé de lui.

Un jour que les hiboux sont réunis autour de leur roi, le corbeau, rappelant les mauvais traitements que les siens lui ont fait subir, déclare vouloir se venger d'eux, mais ne le pouvoir qu'après avoir été par le feu transformé en hibou. Le premier conseiller s'y oppose, alléguant qu'aucune transformation ne pourrait changer son mauvais naturel. Mais le roi n'en conserve pas moins son amitié à son favori, et celui-ci en profite pour voler un jour clandestinement auprès de son vrai souverain. Il lui conseille de faire porter des branches à l'entrée de la caverne dans laquelle les hiboux sont réunis pendant le jour et d'y faire mettre le feu de façon à brûler ou à asphyxier ses ennemis. Ce conseil est suivi, et les hiboux sont détruits. La fable est terminée par un long entretien philosophique entre le roi et son conseiller.

VI. — *Le roi des Singes et la Tortue.* — Ce chapitre prouve que celui-là est un imbécile qui ne sait pas conserver ce qu'il a amassé.

Le roi des singes déposé par ses sujets s'exile au bord de la mer et là se lie d'amitié avec une tortue. La femelle délaissée de la tortue s'inquiète de l'absence prolongée de son mari; une voisine la rassure, mais en même temps l'engage à se venger du singe, en simulant une maladie dont seul un cœur de singe pourrait la guérir. La tortue revenue, en apprenant quelle nature de remède il faut à sa femme, est bouleversée à la pensée de trahir son ami. Elle retourne auprès de lui. Le singe l'accueille chaudement, mais devine à l'air attristé de la tortue qu'il a dû se passer quelque chose d'anormal. Celle-ci affirme qu'elle n'est affligée que parce qu'elle n'a jamais eu la satisfaction de recevoir sa visite. Le singe répond d'abord que l'amitié de la tortue lui suffit pour le consoler de l'exil; puis, se laissant séduire par la perspective des bons fruits qui lui sont promis, il monte sur le dos de son amie qui l'emporte ainsi sur la mer. Mais il ne tarde pas à éprouver de vives inquiétudes à la vue de la tortue qui, prise de remords, s'arrête en route. Questionnée par lui, elle lui explique son attitude par la crainte d'être empêchée par la maladie de sa femme de le bien traiter. Elle finit par avouer que le médecin a prescrit pour remède l'emploi du cœur d'un singe. Le singe épouvanté cherche aussitôt et trouve le moyen de se tirer de sa périlleuse situation. Il dit avoir, suivant l'usage de ses congénères, laissé son cœur chez lui, et à la tortue qui y consent propose de rétrograder pour l'aller prendre; mais revenu à terre, il saute sur un arbre et se moque d'elle.

VII. — *Le Religieux et sa stérile Épouse.* — Par ce chapitre on apprend que quiconque forme une entreprise sans y avoir bien réfléchi, ne peut manquer de s'en repentir.

Un religieux a une femme stérile, qui finit par devenir enceinte. Il conçoit aussitôt pour l'enfant attendu des espérances exagérées. Sa femme au contraire, par son langage raisonnable, essaie de modérer ses rêves exubérants. Elle accouche d'un garçon. Un jour, en sortant, elle le confie à son mari qui, lui-même obligé d'aller au dehors, le laisse à la garde d'un chien fidèle. Celui-ci tue un serpent qui s'élançait sur le berceau de l'enfant. Le religieux, en rentrant chez lui, aperçoit la gueule ensanglantée de son chien, suppose qu'il a étranglé son enfant et l'abat d'un coup de bâton. L'erreur est bientôt reconnue, et la femme adresse à son mari d'amers reproches.

VIII. — *Le Chat et la Souris.* — Ce chapitre fait comprendre comment un homme placé entre plusieurs ennemis doit, par de bons procédés, se faire un ami de l'un d'eux, échapper aux autres grâce à son appui et ensuite remplir envers lui les engagements pris, sans cependant négliger le soin de sa propre sûreté.

Un chat habitant sous un arbre est pris dans les filets d'un chasseur, et une souris sortant de son trou le voit et s'en réjouit; mais voulant retourner chez elle, la souris est menacée d'un côté par un chien et de l'autre par un oiseau. Pour être sauvée, elle contracte une alliance avec le chat, qu'elle peut délivrer et qui, à son tour, la préservera du chien et de l'oiseau. Elle s'approche donc de son ennemi, et les deux animaux se jurent une foi mutuelle. Le chien et l'oiseau s'en vont, et le danger cesse pour la souris, qui n'en commence pas moins à ronger les mailles des filets. Mais elle opère lentement, et le chat impatient exprime la crainte d'être trahi. La souris répond que la prudence lui commande de ne couper la dernière maille qu'au moment opportun. Et en effet, elle attend pour le faire que le chasseur soit en vue, de sorte que le chat n'a que le temps de grimper sur un arbre. Ensuite le chat sollicite de la souris la continuation de leurs rapports; mais, prudemment, la souris s'y refuse.

IX. — *Le Roi et son enfant, et l'oiseau Pinzah et son petit.* — Par ce chapitre on apprend qu'on ne saurait rien faire de mieux que se garder de ceux qui ont un sujet de haine ou de rancune.

Un roi possède un oiseau nommé Pinzah qui sait parler; le roi a un fils et l'oiseau, un petit. L'enfant et le poussin sont élevés ensemble et s'aiment tendrement. Un jour pourtant le poussin est par le jeune prince jeté à terre si brusquement qu'il en meurt. L'oiseau irrité se venge en arrachant les yeux au maladroit et prend son vol. Le roi monte à cheval, le cherche et le trouve. Entre l'oiseau et lui une longue conversation s'engage. Par de bonnes paroles le roi essaie de ramener l'oiseau, afin de se venger à son tour; mais l'oiseau comprend son stratagème, résiste et s'éloigne.

X. — *Les songes du Roi.* — Ce chapitre fait voir que pour les rois la plus excellente qualité, c'est la douceur.

Sederas, roi indien, possède un premier ministre intelligent et dévoué, nommé Beled. Il a fait huit songes qui l'inquiètent, et il mande des sages pour les lui expliquer. Ce sont des Brâhmanes qui ont perdu beaucoup des leurs vaincus et tués par le roi, et qui saisissent l'occasion à eux offerte de se venger de lui. Ils feignent d'apercevoir dans les songes des malheurs terribles qu'il ne pourra détourner de son royaume et de sa personne qu'en sacrifiant Hellebat son épouse bien-aimée, le fils qui doit lui succéder, son conseiller Beled et les plus précieux des objets qu'il possède. Le roi, troublé par ces avis perfides, se retire dans son palais et s'abandonne à sa douleur. Beled inquiet engage la reine à s'enquérir des causes d'un si profond chagrin. La reine se rend auprès de son époux, lui arrache son secret et se déclare résignée à la mort; mais se méfiant des Brâhmanes, elle le prie de consulter Kinaron, qui est l'homme le plus sage de son temps. Kinaron consulté révèle au roi que sept de ses songes signifiaient que des cadeaux précieux lui seraient offerts par sept grands rois, et se tient sur la réserve à l'égard du huitième songe, dans lequel Sederas avait vu qu'un oiseau blanc lui labourerait la tête avec son bec; cependant il l'assure que cela n'annonce qu'un péril passager.

Les ambassadeurs des sept rois arrivent avec des présents magnifiques que le roi répartit entre ses serviteurs, réservant seulement pour sa femme et pour sa concubine une couronne et de riches vêtements. Il laisse le choix à la reine qui, indécise, échange avec Beled des signes afin de savoir ce qu'elle doit choisir.

Sederas surprend le clignement d'yeux de Beled, et, contrairement au conseil de celui-ci, la reine, pour que le roi n'en prenne pas ombrage, opte pour la couronne et laisse les vêtements à la concubine. Quant à Beled, il conserve toute sa vie son clignement d'yeux.

Un soir que Sederas était resté auprès de la reine, celle-ci était occupée à lui préparer un plat, lorsque, avec les vêtements à elle attribués, la concubine apparut. Ébloui de l'éclat qu'ils ajoutaient à la beauté de cette femme, il dit à la reine qu'elle a été une sotte qui n'a pas su choisir son cadeau, et celle-ci, égarée par la jalousie et la colère, lui verse sur la tête le contenu du plat. Exaspéré à son tour, le roi ordonne à Beled de la mettre à mort. Mais le sage ministre se contente d'emmener Hellebat chez lui, convaincu que le roi ne tardera pas à regretter son arrêt irréfléchi. Le roi, en effet, devient sombre et morne. Beled à dessein ne fait que le désespérer davantage, en engageant avec lui une longue conversation dans laquelle il ne répond à ses plaintes que par des sentences. Enfin, lorsque le moment opportun lui semble arrivé, il s'excuse de ses réponses hardies, et lui avoue qu'il a désobéi à ses ordres et que la reine est encore vivante. Sederas lui ordonne de la lui amener, et le ministre, que le roi ravi de l'heureuse issue de cette affaire veut combler de ses faveurs, les refuse et lui demande seulement d'être à l'avenir plus circonspect.

Quant aux Brâhmanes, ils sont mis à mort.

XI. — *La Lionne, le Chasseur et le Renard.* — Ce chapitre enseigne qu'il faut se garder de faire du mal à autrui.

Une lionne, sortie de sa tanière pour chercher sa nourriture, trouve au retour ses deux petits tués et dépecés par un chasseur. Elle rugit de colère et de douleur. Un renard du voisinage, qui l'entend, lui fait comprendre qu'elle n'a pas le droit de tant s'indigner, elle qui prive tant de parents de leurs petits. La lionne convaincue cesse de se nourrir de viande. Les fruits alors deviennent rares. Avertie par le renard que son nouveau mode d'alimentation est la cause de la disette qui éprouve la région, elle ne se nourrit plus que de foin.

XII. — *Le Religieux et le Voyageur.* — Ce chapitre apprend qu'il faut éviter d'abandonner son métier pour en prendre un autre.

Un voyageur bien reçu par un religieux regrette que les fruits de son pays soient moins doux que ceux qui lui sont offerts par son hôte. Ce dernier lui rappelle qu'il faut se contenter de ce qu'on peut avoir. Le voyageur essaie aussi de parler l'idiome du religieux et n'y parvient pas.

XIII. — *Le Lion et le Renard.* — Ce chapitre enseigne comment on peut reconquérir par des bienfaits le dévouement des serviteurs innocents qu'on a injustement punis.

Un renard parmi les autres animaux carnassiers mène une vie d'abstinence malgré les reproches qu'ils lui font. Le lion le fait venir, le trouve aussi vertueux qu'on le lui avait dépeint et bientôt lui offre la direction de son royaume. Le renard, qui préfère sa vie austère et qui redoute les attaques des envieux, refuse d'abord, puis finit par se rendre au désir du roi. Comme il s'y attendait, il est en butte à la haine des courtisans qui, pour le perdre, cachent chez lui à son insu la viande destinée au lion et font habilement tomber sur lui les soupçons de vol. La viande ayant été trouvée chez lui, le renard est jeté en prison, et le lion, surexcité par de faux rapports, ordonne de le tuer. Heureusement, la mère du lion intervient en sa faveur, elle conseille à son fils d'éviter la précipitation avec d'autant plus de raison que la conduite de son ministre a toujours été correcte et que l'accusation peut avoir été portée par des envieux qui ne songent qu'à le perdre. Une belette survient et affirme l'innocence du renard. Celui-ci, reconnu innocent, est mis en liberté, et, bien qu'il appréhende de nouvelles tentatives de la part de ses ennemis, il se décide à reprendre à la Cour son ancienne situation.

XIV. — *Le Religieux et, dans une fosse, l'Orfèvre avec un Singe, un Serpent et une Vipère.* — Ce chapitre fait voir qu'il ne faut pas rendre le mal pour le bien. Un religieux, passant près d'une fosse dans laquelle étaient tombés un orfèvre, un singe, un serpent et une vipère, y jette une corde à laquelle se suspendent successivement les animaux et en dernier lieu l'homme. Une fois sortis, les animaux le remercient et lui indiquent leurs demeures. L'orfèvre agit de même.

En voyageant, le religieux rencontre d'abord le singe qui le reçoit à sa table ; puis, c'est la vipère qui, l'ayant revu, va promptement au palais du roi, tue sa fille, dérobe sa parure et la donne au religieux. Il fait visite à l'orfèvre à qui il la montre et qui, la reconnaissant, court chez le roi pour le faire arrêter comme voleur. Dans la ville, à travers laquelle il est traîné pour être pendu, le religieux est aperçu et reconnu par le serpent qui s'empresse d'aller mordre le fils du roi. Le jeune prince déclare ne pouvoir être sauvé que par le religieux qui, au moyen d'une fervente prière, obtient sa guérison. Le roi, ayant ensuite appris par lui comment les choses se sont passées, punit l'orfèvre de sa trahison en le faisant pendre.

XV. — *Le Fils de roi, le Fils de marchand, le beau Garçon et le Colporteur.* — On apprend par ce chapitre que toutes choses arrivent par la volonté du ciel.

Un fils de roi, un fils de marchand, un beau garçon et un colporteur, tous également pauvres, se rencontrent en route et continuent à cheminer ensemble. Ils conviennent que tour à tour chacun d'eux devra se procurer ce qu'il leur faut pour vivre, et, comme ils approchent d'une ville, le colporteur est chargé de pourvoir le premier à leur subsistance. Il se rend dans une forêt voisine de la ville, y abat du bois, le vend et en rapporte le prix à ses compagnons. Le lendemain, c'est le tour du beau garçon. Il rencontre une jolie femme qui l'emmène chez elle, le garde toute la journée et le renvoie avec une large rémunération. Le troisième jour, le fils de marchand achète d'un patron de navire un chargement de marchandises qu'il revend avec bénéfice et dont il partage le prix avec ses compagnons. Le quatrième jour, le fils de roi, incapable d'un travail productif, s'assied tristement à la porte de la ville, et comme, devant le cortège funèbre du roi récemment décédé, il ne se lève pas, on l'arrête. Amené devant les magistrats, il raconte qu'il a été chassé de son pays par un frère qui a usurpé le trône paternel. Ce récit ayant été reconnu véridique et le roi dont on célébrait les funérailles n'ayant pas laissé d'héritier, le jeune homme arrêté est proclamé roi à la place du défunt. Entré dans son palais, il fait venir ses compagnons et leur montre par son exemple que la destinée humaine est réglée par les décrets de la Providence.

XVI. — *L'oiseau Holgos, sa femelle et l'oiseau Mosan.* — Ce chapitre invite à bien considérer avec qui on se lie.

Deux canards sauvages, mâle et femelle, veulent établir leur nid dans un lieu solitaire et caché. La femelle est liée d'amitié avec un héron, qu'elle désire, contre la volonté de son mâle, emmener avec elle. Pour l'avertir du projet de son mari, elle prétexte qu'il lui faut aller au loin, près d'une île, chercher un poisson nécessaire à la santé de ses petits. Le mâle veut s'opposer à ce voyage qu'il trouve dangereux. Comme la femelle insiste, il cède, en lui recommandant de ne rien dire de leur projet. Elle va tout droit chez le héron à qui elle apprend qu'elle ne pourra continuer avec lui ses rapports amicaux que si son mari consent à lui laisser établir son nid auprès d'eux. Le héron trouve cette condition un peu humiliante pour lui; mais la femelle lui persuade de recourir à une ruse qui réussit : il se rend auprès du canard et lui demande la permission d'aller habiter près de lui. La femelle sortie rentre et, devant la demande du héron, feint de préférer vivre seule avec son mari et de n'accepter ensuite que sur les observations de ce dernier l'intervention d'un tiers entre eux.

Les canards et le héron se rendent ensemble à leurs nouvelles demeures et y vivent paisiblement. Mais la sécheresse arrive, l'étang voisin décroît, et le héron, qui craint que l'eau ne manque, médite la mort des deux canards. Il essaie de persuader à la femelle de tuer son mari; ce à quoi elle consent dans l'espoir qu'il lui fait concevoir d'en épouser un plus jeune. Elle fait périr son mâle, en lui faisant avaler un poisson dans le corps duquel elle avait introduit une cheville de bois.

La femelle a hâte d'épouser le mari promis; le héron lui indique l'endroit où elle le rencontrera, mais là, il fait embusquer un renard qui se jette sur la femelle et la dévore.

XVII. — *La Colombe, le Moineau et le Renard.* — Ce chapitre rappelle qu'avant de donner des conseils à autrui, il faut savoir se garder soi-même.

Une colombe qui a son nid sur un arbre élevé, est perpétuellement menacée par un renard à qui elle jette ses petits pour prix de son propre salut. Un moineau lui conseille de ne plus les lui sacrifier et de lui dire qu'elle les mangerait plutôt elle-même que de les lui abandonner. Au renard, qui lui demande quel est celui qui lui a fait prendre ce parti, elle répond que c'est le moineau. Il va trouver celui-ci dont il veut se venger, lui pose diverses questions par lesquelles il l'amène à se cacher la tête sous l'aile et profite de ce moment pour sauter sur lui et le dévorer.

SECTION IV.

Manuscrits.

Ce n'est pas sur un texte manuscrit que je publie le *Directorium humanæ vitæ*, et je ne crois pas avoir à le regretter. Car les manuscrits de la version de Jean de Capoue, qui m'ont été révélés par les Catalogues des grandes bibliothèques étrangères, sont du milieu ou de la seconde moitié du xve siècle, et dès lors n'ont pas plus d'autorité que les imprimés incunables. Voici ceux que je peux indiquer :

1° Au British Museum, la version de Jean de Capoue existe dans le manuscrit *Additional* 11437. C'est un volume in-fol. qui porte la date de 1470 et dont l'écriture est de deux ou trois mains différentes. Il se compose de 314 feuillets; ceux qui portent les numéros 62 à 109 sont occupés par le *Directorium*.

2° La Bibliothèque royale de Munich possède aussi, sous la cote 14120, un manuscrit renfermant cinq ouvrages dont le quatrième est le *Directorium*. Dans ce volume qui est un in-fol. composé de 130 feuillets en papier il occupe ceux qui sont numérotés de 25 à 105. Le volume porte la date de 1444.

3° Dans la Bibliothèque impériale de Vienne, sous la cote 13650, se trouve encore un manuscrit qui, comme les précédents, est du xve siècle. C'est un volume in-4° de 205 feuillets en papier. Il ne renferme que trois ouvrages. Le *Directorium*, qui en est le deuxième, commence au feuillet 135 *a* et finit au feuillet 193 *b*.

Il est probable qu'il y a encore d'autres exemplaires manuscrits de la version de Jean de Capoue; peut-être même en existe-t-il de plus anciens; mais je ne les connais pas.

SECTION V.

Éditions.

Les deux premières éditions du *Directorium* sont sorties des mêmes presses et probablement la même année. Brunet leur assigne la date de 1480. Elles ont été imprimées avec les mêmes caractères et sont ornées des mêmes gravures sur bois. Elles forment l'une et l'autre un volume in-fol. de petit format, composé de 82 feuillets signés de *a* à *n* et imprimé à longues lignes au nombre de 30 par page pleine.

Les signes distinctifs que Brunet leur reconnait sont les suivants. Dans les titres courants de l'une, le mot *Capitulum* est suivi de son numéro en chiffres romains ; de plus on lit à la fin : *Explicit liber parabolaꝝ antiquoꝝ sapientum.* Dans l'autre édition le mot *Capitulum* a son numéro énoncé en lettres ordinaires, et dans l'*Explicit* au lieu de *parabolaꝝ* on lit : *parabolarū.*

Mais il ne faudrait pas croire qu'ils ne se distinguent que par ces différences. Il y en a beaucoup d'autres.

Il existe à la Bibliothèque nationale un exemplaire de la première des deux éditions de 1480 sous la cote *g Yc* 1020 ; malheureusement, il y manque plusieurs feuillets. Il s'y trouve également sous les cotes *g Yc* 1022 et *D* 1350 deux exemplaires de la seconde qui au contraire sont en parfait état de conservation.

Il serait oiseux de rechercher les autres éditions, et plus encore les traductions en divers idiomes modernes. Aussi je m'en abstiens et je m'arrête seulement à l'unique édition qu'il soit intéressant de connaître, c'est-à-dire à celle de J. Derenbourg.

Elle a été publiée en 1887, sous le format in-8°, dans la Bibliothèque de l'École des Hautes Études. Elle renferme un Avant-propos de XIX pages, le texte latin accompagné de notes d'une richesse extraordinaire et trois appendices, les deux premiers contenant, avec la traduction française, la version arabe des chapitres XVI et XVII du livre de Kalila et Dimna qui manquent dans l'édition de Silvestre de Sacy, le troisième, la traduction française, faite sur le texte arabe, du conte de Mihraz, roi des souris.

Ce n'est pas, plus que moi, sur un texte manuscrit que J. Derenbourg a établi son édition. Il l'a composée sur celle des deux éditions de 1480, dont les chapitres, dans les titres courants, sont numérotés en chiffres romains. L'exemplaire de cette édition à la Bibliothèque nationale étant incomplet, ne peut être celui dont il s'est servi. Dans son *Avant-propos*(1) il déclare n'avoir fait usage que d'une seule des vieilles éditions imprimées, « qui, dit-il, appartient à la Bibliothèque Mazarine ». Mais, lorsqu'il a écrit ces

(1) Voyez, page II.

mots, il est probable que son travail était terminé depuis longtemps; ce qui est certain, c'est que la mémoire lui a fait défaut; car, ainsi que je m'en suis assuré, cette Bibliothèque ne possède aucun exemplaire d'une édition quelconque du *Directorium*. C'est sur un exemplaire à lui communiqué par M. Scheffer, son confrère à l'Institut, que J. Derenbourg a fait la sienne.

Quant à moi, c'est l'autre édition de 1480 que j'ai utilisée. Comme on doit bien le penser, je n'ai jamais eu la prétention de refaire l'œuvre de J. Derenbourg. Aussi la mienne, quoique venue après, ne fait-elle pas double emploi. D'abord le texte dont il s'est servi et celui que j'ai littéralement reproduit ne sont pas complètement les mêmes. Ensuite dans son édition, il a opéré une savante restitution du vrai texte de Jean de Capoue, tandis que restant humblement fidèle à la règle que je n'ai jamais cessé de m'imposer, je n'ai entendu faire et je n'ai fait qu'une simple copie du texte publié en 1480 dont j'ai même respecté les fautes, corrigées, il est vrai, dans de courtes notes placées au bas des pages.

Bref, J. Derenbourg a publié une savante édition philologique, tandis que la mienne est simplement paléographique et par conséquent s'en distingue; bientôt, je démontrerai que dans le livre que je publie elle a son utilité et que je ne devais pas l'omettre.

CHAPITRE II.

FABLES DE BALDO.

SECTION I.

Personnalité de Baldo.

Jean de Capoue a eu deux imitateurs latins, l'un poète, l'autre prosateur. C'est du premier nommé Baldo qu'il va être maintenant question.

Nous ne possédons pas sur lui de renseignements bien précis; néanmoins il est possible de déterminer l'époque de sa vie et sa nationalité.

Pour se fixer sur le premier de ces deux points, il est bon de se demander d'abord si c'est sur la traduction de Jean de Capoue qu'il a composé ses fables en vers ou si ce n'est pas celle de Raymond de Béziers qui lui a servi de modèle.

Il est facile de prévoir comment on sera porté à trancher cette question. En s'appuyant sans réflexion sur le manuscrit latin 8504 de la Bibliothèque nationale, on peut croire que les vers de Baldo y étant plusieurs fois cités ont dû nécessairement précéder la version de Raymond, et que, comme c'est en 1313 qu'elle a été terminée, ce n'est qu'une date antérieure qui puisse leur être attribuée. Ce raisonnement au premier abord semble péremptoire. Il n'en est pas moins vrai que, s'il était le seul qu'on pût invoquer, il aurait une valeur presque nulle. En effet, quand le moment en sera venu, je démontrerai que ce n'est pas Raymond qui dans son œuvre de traducteur a introduit en nombre notable les vers de Baldo, mais que c'est un moine lettré qui plus tard s'est ingénié à y intercaler toutes sortes de citations.

Mais, s'il n'y a aucune preuve à tirer du manuscrit de la Bibliothèque nationale pour la fixation de la date à attribuer aux fables de Baldo et par suite à sa propre existence, n'est-il un ensemble de circonstances qui permettent de déterminer au moins approximativement l'époque de sa vie?

Si l'on devait en croire E. du Méril (1), il faudrait la placer dans la première moitié du XIIe siècle, et ce qui, pour cette opinion, lui sert de base, c'est d'abord le système de versification léonine adopté par Baldo. « La substitution assez fréquente, dit-il, d'une simple allitération à une consonance complète prouve qu'il jouissait encore d'une certaine liberté que les poètes du XIIIe siècle ne se permettaient plus guère. »

Il s'appuie ensuite sur le rang que Baldo occupe « dans la table des matières d'un recueil de *Flores poetarum* », composé, sous le titre de *Compendium moralium notabilium*, par Hieremias de Padoue et imprimé à Venise en 1505. Il remarque « qu'aucun des auteurs qui le précèdent n'est postérieur au XIIIe siècle et qu'il est immédiatement suivi de Hugues de Saint-Victor, saint Bernard, Gautier de Châtillon et Mathieu de Vendôme. » Mais ce qu'il ne remarque pas, c'est que, si Hieremias a eu l'intention de dresser sa table suivant l'ordre chronologique, *secundum ordinem ætatum*, en réalité il ne s'y est pas bien conformé.

Pour moi, je ne puis admettre que Baldo soit plus ancien que les personnages placés après lui; car il faudrait alors faire remonter son existence à une époque de plus d'un siècle antérieure à celle de Jean de Capoue et en conclure qu'il a fait sa version hexamétrique ou sur une version latine plus vieille que celle de Jean de Capoue, ou directement sur l'hébreu ou sur l'arabe et qu'il a connu une de ces deux langues; ce que rien cependant n'autorise à supposer.

Ce qui en somme me paraît constant, c'est que Baldo a précédé Raymond de Béziers, et que, Jean de Capoue ayant écrit sa traduction dans la deuxième moitié du XIIIe siècle, la version poétique a dû la suivre de près.

(1) *Poésies inédites du moyen âge*. Paris, 1854, 1 vol. in-8. (Voyez pp. 213 et ss.)

Quant à la nationalité italienne de Baldo, elle est démontrée par son nom qui a été celui de plus d'un Italien de son temps. Tiraboschi en cite, comme ayant vécu au XIVe siècle, trois qui étaient frères et dont l'un avait été un jurisconsulte célèbre (1).

Aussi sur cette question E. du Méril n'a-t-il éprouvé aucun doute. Il n'en a pas moins cru devoir la résoudre par quelques arguments : pour lui, la mention que, sous le nom de Ticinum, Baldo a faite sans nécessité de la ville de Pavie (2), le *g* substitué au *c* de Cattus sont des indices significatifs, et ce qui lui semble en fournir un meilleur encore, c'est le livre de Hieremias de Padoue dont il vient d'être parlé. Ce livre est un de ces recueils, dans lesquels de savants compilateurs réunissaient tous les vers édifiants que pouvaient leur fournir les poètes célèbres. Or Baldo n'avait pas une grande réputation. Hieremias n'en a pas moins extrait de ses fables des vers qui, selon lui, seraient les suivants : 20-22 de la fable IV, 21 de la fable VII (3), 29 et 44 de la fable IX, 13, 19, 45-47 de la fable XI, 36 de la fable XIV (4), deux vers attribués à la fable XXVI (5), un vers de la fable XXIX (6), deux vers de la fable XXXII (7), deux vers de la fable XXXIV (8), soit au total dix-

(1) *Storia della letteratura italiana;* Milano, della societa tipografica. (Voyez t. V, p. 483.)

(2) Fable XIX, v. 1.

(3) Ce vers est le suivant qui n'existe pas dans le ms. de Vienne seul connu :

Omne retorquetur quicumque dolere videtur.

(4) C'est à tort qu'Hieremias attribue à la fable XVIII ce vers qui est le suivant :

Cautius est astu quam te defendere fastu.

(5) Ces deux vers sont les suivants qu'on trouve dans le ms. 8504 de la Bibliothèque nationale parmi les citations intercalées dans la traduction de Raymond de Béziers :

Nulla fides hosti tibi sit qui talia nosti,
Prorsus et hostilis tibi sit [per]suasio vilis.

(6) Dans le ms. de Vienne c'est la fable XXII qui renferme le vers suivant attribué par Hieremias à la fable XXIX :

Non ultra vires discant præsumere viles.

(7) Ces vers sont les suivants :

In te quicquid odis fieri molumine quovis,
Cuilibet arte mali caueas inferre sodali.

(8) Ces deux vers sont les suivants :

Jam nimis est serum : post sumpta pericula rerum
Presumptivarum stultum piguisse suarum.

Ces deux vers dépendaient, d'après Hieremias, d'une trente-quatrième fable qui aurait été l'avant-dernière de l'œuvre complète ; ce qui prouve que le recueil

neuf vers. Il est supposable que Hieremias n'aurait pas, comme il l'a fait, songé à faire à Baldo cet honneur, s'il n'y avait pas été porté par sa qualité d'Italien.

Baldo paraît d'ailleurs avoir joui au moyen âge d'une certaine notoriété; car ce n'est pas seulement dans le manuscrit 8504 de la Bibliothèque nationale et dans le livre de Hieremias que les vers de Baldo sont disséminés parmi des citations puisées à d'autres sources; on les rencontre ailleurs. Ainsi dans un *Florilegium*, composé par un Milanais du nom de Joannes de Grapanis sous le titre de *Liber virtutum et allegationum auctorum*, des vers de Baldo se lisaient mêlés aux emprunts faits aux œuvres de divers poètes.

Ajoutons que dans les temps modernes il n'avait pas été entièrement oublié, et ce qui le démontre, c'est que dans une lettre, adressée d'Altenbourg le 17 septembre 1658, Thomas Reinesius rappelle ses fables en vers, et, s'il se trompait en voyant en lui le même personnage que Waldo, abbé de Saint-Gal, qui vivait au VIIIe siècle, on voit que son nom et la nature de son œuvre ne lui étaient pas complètement inconnus. Enfin plus tard encore Muratori, dans sa quarante-quatrième dissertation, intitulée : *De litterarum fortuna in Italia* (1), le nomme, en fait un religieux et cite ce vers tiré, suivant lui, de la fable XX, mais en réalité de l'épimythion de la fable XXII :

Non ultra vires discant præsumere viles.

SECTION II.

Analyse des fables de Baldo.

Nous avons parlé de l'auteur, disons maintenant quelques mots de son œuvre.

Elle consiste dans un recueil de fables latines en hexamètres léonins à rimes dissyllabiques, le plus souvent parfaites, mais

en comprenait trente-cinq. Mais il faut remarquer que dans le ms. de Vienne ils terminent aussi l'avant-dernière qui n'est que la vingt-septième. Il semble en résulter que les sept fables qui manquent dans ce ms., prenaient dans le recueil complet rang avant celle *De Mulo et Lupo* qui est devenue la vingt-septième.

(1) *Antiquitates Italicæ medii ævi*, t. III, col. 915.

fréquemment aussi assez irrégulières pour que les mots rimant ensemble n'aient que les voyelles conformes dans leurs deux dernières syllabes.

Quant aux fables auxquelles cette forme a été donnée, il est certain qu'elles n'étaient pas nombreuses, mais il n'est guère possible d'en fixer le chiffre d'une façon absolument certaine. Le manuscrit de Vienne n'en renferme que vingt-huit; mais il est incomplet. Le livre de Hieremias en fournit la preuve, en citant, ainsi que nous l'avons vu, cinq vers qu'il assigne : le premier à la fable XXIX, les deuxième et troisième à la fable XXXII et les quatrième et cinquième à la fable XXXIV, qui aurait été l'avant-dernière. Le premier de ces vers figurant déjà dans l'épimythion de la fable XXII, du manuscrit de Vienne, les deuxième et troisième dans celui de la fable XXV et les deux derniers dans celui de la fable XXVII qui est aussi l'avant-dernière, il est probable que le recueil comprenait trente-cinq fables et que, dans le manuscrit de Vienne, il en manquait sept, qui, s'il était complet, devraient se trouver avant la fable XXII.

Voici la nomenclature de celles qui nous sont restées avec l'indication de celles de Jean de Capoue qui leur correspondent :

BALDO.	JEAN DE CAPOUE.
1. Le Chien et l'Ombre	11
2. Le Paysan qui a trouvé un trésor	1
3. Le Sot qui veut devenir savant	2
4. L'Homme qui s'endort en épiant un Voleur	3
5. Le Pauvre et le Voleur	6
6. Le Riche et le Voleur crédule	8
7. Les deux Associés et leurs parts sociales	5
8. Le Singe et le Charpentier	16
9. Les deux Ours et le Roi	17
10. La Colombe, le Rat, le Corbeau, la Tortue et le Chevreau	54
11. Les Hiboux et les Corbeaux	57
12. Le roi des Singes et les Tortues	67
13. Le Lion, le Renard et l'Ane	68
14. Le Renard et le Lion	24
15. Le Corbeau et le Serpent	22
16. Le Père de famille et le vase plein d'huile	70
17. Le Chat et le Rat	72
18. L'Homme, le Dragon et le Singe	84
19. Le Voleur invoquant le témoignage de l'arbre	33
20. Le Lièvre, le Léopard et le Chat	60

21. Le Bélier et le Chien.
22. Le Loup et le Bouc.
23. Le Renard et le Coq.
24. Le Lion et le Rat.
25. Le Renard et l'Ibis.
26. Le Cheval et le Cerf.
27. Le Mulet et le Loup.
28. Le Chasseur et le Tigre.

On voit que c'est seulement pour les vingt premières de ses fables connues que Baldo a tiré de l'œuvre de Jean de Capoue la matière qu'il y a employée. Quant aux huit dernières, elles sont dérivées de sources diverses : les fables XXI, XXII, XXIII et XXVII, des numéros 15, 6, 3 et 1 des *Fabulæ extravagantes* (1), les fables XXIV, XXV et XXVI, de l'un des nombreux recueils dans lesquels elles existent (2), et la fable XXVIII, de la dix-septième d'Avianus (3).

SECTION III.

Manuscrit des fables de Baldo.

Les fables de Baldo ne nous ont été conservées que par le manuscrit 303 de la Bibliothèque impériale de Vienne que j'ai déjà eu trois fois l'occasion d'analyser (4). Je n'en dirai donc ici que peu de chose.

Je rappelle d'abord que c'est un volume in-8, dont les 166 feuillets sont en parchemin et dont l'écriture est du XIVe siècle.

Il renferme vingt-huit ouvrages ou opuscules poétiques, dont les fables de Baldo sont le treizième, et occupent les feuillets 92 v à 102. Leur nombre, d'après M. Endlicher (5), serait de vingt-neuf;

(1) *Les Fabulistes latins depuis le siècle d'Auguste*, etc. (Voyez-y les fables originales, t. II, pp. 296, 278, 274 et 272.)

(2) *Les Fabulistes latins*, etc., t. II, pp. 769, 772 et 765 du tableau synoptique des fables latines.

(3) *Les Fabulistes latins*, etc., t. III, p. 274.

(4) *Les Fabulistes latins*, etc., t. I, pp. 579, 580 et 688-690 et t. III, pp. 102 et 103.

(5) *Catalogus Codicum philologicorum latinorum Bibliothecæ Palatinæ Vindobonensis.* Vindobonæ, apud F. Beck, 1836. (Voyez p. 61.)

mais il est probable que, s'il est arrivé à ce total, c'est parce qu'il a compté le prologue pour une fable. Peut-être aussi son erreur vient-elle de ce que les fables ne portent pas de rubriques et de ce que, dans ces conditions, il a pu en voir deux dans une seule.

La dernière est suivie de cette souscription : *Explicit Nouus Esopus,* à laquelle une autre main a ajouté ce singulier vers faux, qui ne me semble pas devoir être pris au pied de la lettre :

Finivi librum; scripsi sine manibus ipsum.

SECTION IV.

Édition des fables.

On a vu que, tant au moyen âge que dans les siècles plus récents, quelques auteurs avaient rappelé certains vers de Baldo ; mais avant E. du Méril aucun n'avait pris la peine de publier ses fables. C'est lui qui en a été le premier et qui jusqu'à ce jour en est resté le seul éditeur.

Cette publication a été faite par lui à Paris, en 1854, dans un volume in-8 qui était intitulé : *Poésies inédites du moyen âge,* et qui, comme son titre l'annonçait, n'avait pas été uniquement consacré à Baldo. Les fables de ce versificateur et la courte notice qui les précède n'occupent que les pages 213 à 259, c'est-à-dire quarante-sept sur les quatre cent cinquante-trois du livre.

Rien n'empêchait É. du Méril, tout en y englobant d'autres opuscules, d'y donner une bonne édition de celui de Baldo. Malheureusement il n'en a pas été ainsi ; soit qu'il n'ait pas été assez versé dans la paléographie pour bien copier le manuscrit, soit qu'il ait confié à une personne inexpérimentée le soin de le transcrire, il n'en a eu à sa disposition qu'une copie défectueuse, et, quoique les notes dont il l'a enrichie à profusion attestent qu'il était tout à la fois un patient chercheur et un véritable érudit, il n'est pas parvenu à un heureux résultat.

Dans l'édition qu'à mon tour je publie, j'ai indiqué au bas des pages les fautes de la sienne. On verra qu'elles sont très nombreuses et souvent très grosses, et, si l'on considère qu'aux fautes s'ajoutent de graves lacunes, on comprendra sans peine que sa tâche était à recommencer.

CHAPITRE III.

FABLES DE RAYMOND DE BÉZIERS.

Si Jean de Capoue n'avait pas eu d'imitateurs latins, ou s'il n'en avait pas eu d'autres que Baldo, il est probable que je l'aurais négligé. Son œuvre, d'après les deux éditions incunables qui l'ont conservée, ayant été publiée d'abord littéralement par Puntoni en 1884 (1), puis philologiquement par J. Derenbourg en 1887, en faire paraître une nouvelle édition n'était pas nécessaire. Quant à Baldo, celle que E. du Méril en avait donnée (2) était fautive ; mais au moins elle avait fait connaître ce qui reste de lui.

Il n'en était pas de même de la version de Raymond de Béziers. A l'époque de son apparition elle avait bien acquis une certaine notoriété attestée par l'amplification dont elle avait été bientôt l'objet; mais soit qu'elle ait ensuite été oubliée, soit que les premiers imprimeurs, comme faisant double emploi avec le *Directorium humanæ vitæ*, l'aient à bon droit rejetée, elle n'a pas vu le jour, et il n'en reste aujourd'hui que les deux manuscrits conservés à la Bibliothèque nationale sous les cotes 8504 et 8505.

Non seulement elle n'a jamais été imprimée, mais encore la minutieuse analyse qui en a été faite par Silvestre de Sacy (3) a

(1) *Directorium humanæ vitæ, alias parabolæ antiquorum sapientum.* Accedunt prolegomena tria ad librum ΣΤΕΦΑΝΙΤΗΣ ΚΑΙ ΙΚΝΗΛΑΤΗΣ. V. Puntoni, Pisis, 1884.

(2) *Poésies inédites du moyen âge.* (Voyez pp. 213 et ss.)

(3) *Notices et extraits des manuscrits*, etc., t. X, 2ᵉ partie, pp. 3-47.

contribué à répandre sur elle des idées très inexactes. La publication que j'en fais est donc doublement justifiée.

Qu'il me soit permis d'ajouter que, lorsqu'on saura ce qu'est la version de Raymond, on reconnaîtra qu'on ne pouvait guère l'exhiber, sans la faire précéder des œuvres de Jean de Capoue et de celles de Baldo.

SECTION I.

Analyse de la version simple.

M'étant procuré tant par moi-même que par la main d'un paléographe la copie des deux manuscrits et ayant pu en conséquence examiner leur texte à loisir, je n'ai pas tardé à acquérir la conviction que c'était le manuscrit 8505 qui contenait sans altération ni mélange le travail de Raymond et que l'autre le possédait bien également, mais moins pur et noyé dans des citations tellement nombreuses et parfois tellement prolixes que la dimension du livre en avait été doublée. Si donc on veut savoir en quoi consiste réellement la tâche de Raymond, c'est au manuscrit 8505 qu'il faut le demander. Aussi est-ce celui qui va être étudié le premier.

Ce manuscrit est un volume in-f° de très petite dimension dont l'écriture très négligée est à longues lignes et dont les feuillets seraient au nombre de 208, si le premier n'en avait pas été arraché.

Il se divise en deux parties. La première est réduite à un seul cahier composé d'un nombre de feuilles plus grand que les autres; signé de *a i* à *a xvj*, il a eu 32 feuillets.

Quant à la deuxième partie, elle comprend sept cahiers signés de *a i* à *a xiij*, de *b i* à *b xij*, de *c i* à *c xiij*, de *d i* à *d xij*, de *e i* à *e xij*, de *f i* à *f xiij* et de *g i* à *g xiij*.

A une époque moderne le volume a reçu une série de numéros unique d'un personne qui ne s'est pas aperçue de la disparition du premier feuillet ou n'en a pas tenu compte, a, faute d'attention, passé sur les feuillets 19 et 199 sans les apercevoir et n'a ainsi trouvé que 200 feuillets couverts d'écriture, tandis qu'elle aurait dû en numéroter 202.

La première partie du manuscrit se termine, au milieu du verso du feuillet qui porte à tort le n° 29, par ces mots : *Deo gracia. — Finis tabule capitulorum ceterarumque auctoritatum. — Ave Maria.*

Quant à la deuxième partie, elle est, au milieu du recto du feuillet à tort inscrit sous le n° 200, close par les mots : *Deo gracias. — Ave Maria.*

Il y a à la suite cinq feuillets non numérotés qui seraient tous entièrement blancs, si au haut du verso du dernier le copiste, voulant faire connaître son nom, le prix par lui reçu et la date d'achèvement de son travail, n'avait pas écrit la note suivante :

« Je Guillaume Devassenex, maître es-arts et bourcier au collège d'Authun en la faculté de Théologie, confesse avoir heu et receup deux frans de Monsr maistre Robert Laleman qu'ils m'estoient restés debvoir pour avoir escript ce livre à Monsr maistre Ymbert Benot, de laquelle some je promectz tenir quicte ledit Benot et tous aultres. Tesmoin mon sein manuel cy mis le quatriesme jour de juillet, l'an mil . IIII . C . IIII . XX et seze. « Devassenex, *l. s.* »

La première partie du manuscrit débute par une épître dédicatoire adressée au roi Philippe-le-Bel. Comme elle diffère beaucoup de ce qu'elle est dans le manuscrit 8504 que seul je publie, il ne me semble pas inutile de transcrire ici ce qui en reste :

« Quod differtur non auf(f)ertur, iuxta illud :

Principium finemque simul prudencia spectat,
  Rerum finis habet crimen et omne decus.
Verbi principium, finem circumspice uerbi,
  Ut melius possis cum racione loqui.

« Insuper considerans quia illud quod ab amicis uel precibus non poteram obtinere, saltem obtinerem opportentu (1) presentis operis iam incepti. Nam, si ueniat presens liber regius ante aspectum uestre celsitudinis atque magnitudinis, postulabitur quis et ubi est autor seu translator huius libri. Et sic esse poterit quod faciet me coram presencia euocari. Et tunc conceptum mei propositi, si placet uestre maiestati regie, declarabo. Vivas, pie rex, pacificis temporibus et longeuis.

« Ceterum, licet istud opus ad mandatum domine Johanne bone memorie, Dei gracia regine Francie et Nauarre, tunc uiuentis,

(1) Lisez : *opportunitate.*

dotate tribus donis anime et quatuor dotibus corporis, cuius anima cum sanctorum gloria requiescat, transferre incepissem, sed tunc propter generose prefate obitum imperfectum et inceptum opusculum pretermisi.

Figura translatoris dimittentis opus,
propter regine obitum desolati (1).

« Et postmodum considerans quia bonum principium absque bono fine a sapientibus non laudatur, iuxta illud : Omnis laus in fine cernitur, nolui librum regium pretermittere imperfectum, tum [propter] bonam famam ipsius nobilis defuncte que per hunc librum poterit sepius a magnis uiris audiendus morari (2), tum propter utilitatem legentium et audiencium qui poterunt proficere legendo, si bene aduertant et diligenter retineant huius libri regii documenta. Tamen si aliqui uiri sapientes aliquid mutandum uel corrigendum uideant, non propter hoc erit mihi dedecus neque rubor, quia, ut dixit philosophus : Ab humanis inuencionibus nihil reor esse perfectum ; ideo opus imperfectum quod tunc inceperam, auxilio Dei intendo perficere et complere.

Figura translatoris reficientis librum
inceptum tempore regine uiuentis (3).

« Iuxta illud :

Aggrediamur opus, melior fortuna sequetur :
Dimidium qui cepit habet finemque beati ;
Debile principium melior fortuna sequetur.

« Et hoc ad eius titulum et memoriam sempiternam et per consequens ad communem utilitatem totius regie curie gallicane, et ex hoc de ipsa et suo sponso rege regum erit memoria per illos qui hunc librum perlegent per tempora longiora.

Et si queratur cui parti philosophie subponitur, ethice uel morali, quia loquitur de morali scientia titulus. »

(1) Cette rubrique se réfère à l'une des miniatures du modèle sur lequel a été prise la copie contenue dans le ms. 8505 de la Bibliothèque nationale, et comme le ms. 8504 ne possède ni cette rubrique, ni la miniature correspondante, il s'ensuit que ce n'est pas de ce manuscrit que le copiste s'est servi.

(2) Lisez : *audientibus memorari*.

(3) Les observations précédentes s'appliquent également à cette rubrique

Dans cette épître Raymond déclare à Philippe-le-Bel que c'est sur l'ordre de sa royale épouse qu'il a entrepris sa traduction, que le décès de la reine l'avait d'abord porté à l'abandonner et qu'ensuite il l'avait reprise en l'honneur de la noble défunte et pour l'utilité de tous ceux qui liraient l'œuvre et qui en retiendraient les enseignements. Mais, en réalité, son but qu'il laisse percer, c'est, en dédiant son livre au roi, d'être appelé auprès de lui.

De ce qui précède il ressort que, la reine étant décédée en 1305, c'était au plus tard au début de cette année qu'il avait commencé sa version. Le manuscrit 8504 nous apprendra sur le conseil de qui et en quelle année il l'a achevée et offerte au roi de France.

L'épître dédicatoire qui se termine au bas du recto du f° 2 est immédiatement suivie d'un prologue, qui est précédé de ces mots : *Incipit liber Digne et Calile.* Cet *incipit* indique qu'il est considéré par le traducteur comme appartenant au livre traduit, mais cela ne s'explique pas; car le prologue était étranger aussi bien au texte hébreu qu'au texte arabe. Silvestre de Sacy suppose qu'il pouvait exister au moins en partie dans l'exemplaire que Raymond possédait de la version espagnole, et dans ce cas il pouvait être considéré par ce dernier comme faisant partie du livre (1); mais cette supposition n'était pas fondée. Je ne veux pas le transcrire entièrement. J'en extrais seulement quelques lignes, parce qu'elles montrent comment Raymond a établi la généalogie de la version espagnole et comment il a été chargé de la mettre en latin : « Iste autem liber prius fuerat in lingua Indorum, et postmodum in lingua Persarum. Postea vero reduxerunt eum Arabes ad linguam suam. Ultimo exinde ad linguam fuit reductus ebraycam. Processu vero temporis de hebrayca lingua in ydioma hispanicum apud Toletum presens liber ultimo est translatus, et ab illis partibus ad regnum Navarre, dein ad nobile regnum Francie, prefate generose regine felici et devote fuit per quemdam nobilem michi notum Parisius presentatus et ad eius mandatum et requisitionem incepi transferre de illo ydiomate in latinum. »

Deux choses sont à remarquer dans cet extrait.

La première, c'est que Raymond prétend que la version espagnole mise à sa disposition avait été faite sur l'hébraïque.

(1) Voyez *Notices et extraits des manuscrits*, etc., t. X, 2ᵉ partie, p. 12.

Cette affirmation inexacte n'a pas trompé Silvestre de Sacy. Dans son analyse du manuscrit 8504, après l'avoir discutée, il conclut ainsi : « La traduction espagnole mise en latin par Raymond avait vraisemblablement été faite d'après le texte arabe ou d'après une version latine dérivée immédiatement du texte arabe, et non, comme le dit Raymond, d'après la version hébraïque (1). »

L'inexactitude de l'indication donnée par Raymond vient de ce que, faisant acte de plagiaire maladroit, il avait, sans souci de la vérité, copié presque littéralement les lignes suivantes, par lesquelles dans le *Directorium humanæ vitæ*, quoiqu'elles lui soient étrangères, commence la dissertation d'Abdallah ibn Almokaffa : « Hic est liber parabolarum antiquorum sapientum nationum mundi, et vocatur *Liber Kalile et Dimne*, et prius quidem in lingua fuerat Indorum translatus, inde in linguam translatus Persarum; postea vero reduxerunt illum Arabes in linguam suam; ultimo exinde ad linguam fuit redactus hebraïcam. Nunc autem nostri propositi est ipsum in linguam fundare latinam. »

Mais, si la version espagnole n'a pas été faite sur la version hébraïque, l'une et l'autre n'en sont pas moins proches parentes. A cet égard, une importante révélation nous est faite par Derenbourg : il nous apprend que le texte arabe traduit en espagnol pour l'infant Alphonse le Sage était le même que celui que possédait le traducteur hébreu. « Cette identité, dit-il, est d'autant plus remarquable que, malgré le grand nombre de manuscrits de l'original arabe dispersés dans les différentes bibliothèques, on n'en a pas encore rencontré un seul dont le texte ne diffère sensiblement, pour certaines parties, du texte que l'hébreu et l'espagnol avaient eu sous les yeux; en outre, pas un seul manuscrit ne renferme autant de chapitres que l'hébreu et l'espagnol (2). »

Passons à la deuxième remarque que les phrases de l'introduction plus haut citées doivent suggérer.

Dans sa dédicace, Raymond semble dire qu'il a été directement chargé par la reine du travail qu'il a assumé. Son prologue montre sans doute plus véridiquement, comment il a pu être chargé de mettre en latin la version espagnole. C'est un noble personnage connu de lui qui l'a apportée à Paris et présentée à la

(1) *Notices et extraits des manuscrits*, etc., t. X, 2ᵉ partie, p. 14.
(2) *Directorium vitæ humanæ*, etc., Avant-propos, p. IV.

reine de France, et c'est ensuite à la demande de ce personnage qu'il s'est mis à l'œuvre. C'est du moins ce que la tournure ambiguë de la phrase semble indiquer. Peut-être ce personnage, prié par la reine de recourir à un latiniste capable de faire la traduction désirée, avait-il cru bon de s'adresser à Raymond, avec qui il était lié et qu'il supposait plus instruit qu'il ne l'était. Ce qui indique que les choses ont dû se passer ainsi, c'est que, comme il l'avoue, ni par ses démarches ni par celles de ses amis, il n'avait pu avoir accès à la Cour. Dans cette situation, la reine Jeanne n'avait pas dû le connaître ni, par conséquent, le charger directement d'aucun mandat.

Le prologue, qui se termine vers le milieu du verso du folio 4, est suivi de la nomenclature des chapitres, qui sont eux-mêmes accompagnés de leurs arguments. La place qu'elle occupe ici n'est pas celle qui lui a été assignée dans la version de Jean de Capoue. Cela tient à ce que, tandis qu'ici l'introduction d'Ibn Almokaffa et l'histoire du voyage de Barzouyèh dans l'Inde font l'objet des deux premiers chapitres et que, par suite, la nomenclature doit les précéder, ces deux pièces, dans le *Directorium humanæ vitæ*, sont considérées comme des préambules après lesquels elle doit tout naturellement prendre place. Cette nomenclature se termine au bas du recto du folio portant le n° 8.

La dernière ligne de la même page porte ces mots : *[A]ppetibilia in hoc mundo*. C'est un titre à la suite duquel, au haut du verso du même feuillet, vient une longue table alphabétique de tout ce qui a paru pouvoir être utilement signalé. Elle se prolonge jusqu'au verso du feuillet 29, sur lequel, vers le milieu de la page, elle est close par cette souscription : *Finis tabule, capitulorum ceterarumque auctoritatum*.

Le feuillet suivant est blanc.

On devine la raison pour laquelle cette première partie du manuscrit se termine par un feuillet qui n'a pas été utilisé. Le copiste aura probablement commencé par exécuter la deuxième partie; puis, pour la première, il aura employé un cahier composé d'un feuillet de plus qu'il n'était nécessaire.

Passons à la deuxième partie du manuscrit. La première renfermant la dédicace de Raymond et son prologue, nous étions en présence de ce qu'il y avait d'un peu personnel dans son travail, et nous devions y arrêter notre attention. La deuxième, au contraire, est plus conforme à ce que le *Directorium humanæ vitæ* nous avait déjà offert; nous pourrons donc passer plus rapidement sur les dix-neuf chapitres dont elle se compose.

Le premier de ces chapitres est intitulé : *De conditionibus antiquorum philosophorum*. C'est de l'introduction d'Ibn Almokaffa qu'il a été formé.

En établissant la généalogie de sa version, Jean de Capoue avait fait connaître que le texte hébraïque dont elle était issue était lui-même dérivé de la traduction arabe; mais, en présentant ce renseignement en tête de l'introduction d'Ibn Almokaffa, il avait paru le lui attribuer; ce qui n'aurait pas été raisonnable. Si peu clairvoyant qu'il ait été, Raymond a du moins évité cette faute; il n'a pas mêlé à l'introduction du traducteur arabe ce que Jean de Capoue avait eu le tort d'y joindre, il l'a plutôt un peu écourtée. Ne nous occupons donc que d'elle.

Dans le *Directorium*, elle est agrémentée des six fables suivantes : 1° L'Homme qui a découvert un trésor; 2° L'Ignorant qui se croit savant; 3° L'Homme qui s'endort en épiant un Voleur; 4° L'Aveugle et le Clairvoyant; 5° Les deux Associés séparés et leurs parts sociales; 6° Le Pauvre, le Voleur et sa cape. Raymond n'a donné qu'un abrégé de la première et de la troisième, a passé sous silence la deuxième et la quatrième, et n'a fait qu'aux deux dernières l'honneur de les conserver dans leur intégrité.

Une dernière observation : nous avons vu que ce n'était pas seulement au commencement de l'introduction d'Ibn Almokaffa que Jean de Capoue avait placé quelques mots étrangers à ce dernier, et que c'était aussi à la suite qu'il en avait ajouté d'autres destinés à en expliquer la portée et le but. Raymond, qui n'avait pas suivi cet exemple au début, s'y est soumis à la fin. Il était bon de faire cette remarque, parce qu'elle fournit l'occasion de relever en même temps une assez grave erreur, qu'en s'y conformant il a commise. Voici en effet ce qu'il a écrit : « Et hic finitur illud quod fuit superadditum ultra xviij capitula que fuerunt a lingua Indica in Persicam et a Persica in Arabicam divulgata. » Comme Silvestre de Sacy l'a fait judicieusement observer (1), les dix-huit chapitres n'ont pas pu être tous traduits de l'Indien en Persan; car la mission

(1) *Notices et extraits des manuscrits*, etc., t. X, 2e partie, p. 19.

de Barzouyèh dans l'Inde et sa biographie font la matière de deux d'entre eux qui, ayant été certainement écrits en Perse, n'ont pu faire partie de l'original indien.

Comme de l'introduction d'Ibn Almokaffa, Raymond a, de l'histoire du voyage de Barzouyeh, fait un chapitre, qui est le deuxième et qu'il a intitulé ainsi : *Incipit capitulum quomodo rex misit Berosizam* (sic) *suum medicum in provinciam Indie.*

Notons seulement quelques-unes des différences que présentent les deux versions.

Il en est une que j'ai déjà fait remarquer (1) et que je rappelle : dans la version de Jean de Capoue, c'est au roi nommé *Anastres Casri* qu'a été donné le livre révélant l'existence dans les montagnes de l'Inde des simples qui, convenablement préparées, rendaient la vie aux morts. Raymond, au contraire, explique que c'est Barzouyèh qui, par hasard, a jeté les yeux sur ce livre, que c'est lui qui a trouvé ce qui y était allégué, et qu'il en a fait part au roi nommé par lui *Mugeren*, fils de *Caz*, qui, à sa demande, l'envoya dans l'Inde.

La différence qui vient d'être constatée en fait apercevoir une autre qui est relative aux noms attribués au roi de Perse. Tandis que Jean de Capoue l'appelle *Anastres Casri*, Raymond le nomme *Mugeren*. Cela s'explique : *Casri* est l'altération de Chosroès, et dans *Mugeren* Silvestre de Sacy paraît ne voir, comme dans *Nugeren*, qu'une corruption de Nouschirwan (2).

Enfin, il est à remarquer que, tandis que dans le *Directorium* le médecin de Nouschirwan est appelé *Berozias*, Raymond lui donne presque constamment le nom de *Berzebuy*, et quelquefois, mais très rarement, les deux noms, sans opter pour l'un d'eux. Nous verrons bientôt comment Silvestre de Sacy explique cette prudente attitude.

Le chapitre III (premier de Jean de Capoue) renferme la vie de Barzouyèh, composée par Buzudjmihr, sous la forme autobiographique. Il est intitulé : *De Berozia seu Berzebuy medici* (sic), *et est de equitate et timore Dei.*

Les allocutions que Barzouyèh adresse à son âme sont ici abrégées, et la fable du marchand de soie qui devrait les suivre a

(1) Voyez plus haut, p. 6.

(2) *Notices et extraits des manuscrits*, etc., t. X, 2ᵉ partie, p. 14, note 4.

été omise. Raymond ayant au contraire conservé les autres fables du même chapitre, on y trouve : Le Père de famille, sa Femme et le Voleur crédule ; Le Mari, la Femme et l'Amant ; Le Marchand et le Perceur de perles ; Le Chien et l'ombre ; L'Homme dans un puits et les deux Rats. Cette dernière fable qui est, comme on sait, plutôt une allégorie, diffère de ce qu'elle est dans le *Directorium*. Il y est bien donné dans chacune des deux un rôle à quatre animaux qui dressent hors du puits des têtes menaçantes. Mais, tandis que Jean de Capoue, suivant en cela sa coutume, s'abstient d'en indiquer la nature, Raymond qui a l'habitude contraire en fait quatre serpents.

Le chapitre IV (deuxième de Jean de Capoue) est annoncé par ce titre : *Capitulum de Leone et Bove, et est de dolo et seductione et malis argumentis.*

Le roi indien est appelé *Dizalem* au lieu de *Disles*, et son philosophe est non plus Sendebar, mais *Bendabeh*, qui lui-même sera bientôt remplacé par *Sendebat*.

Le pays habité par le père de famille et ses trois fils n'est plus Sendebar ; il s'appelle *Yorgem*.

On se rappelle que dans le *Directorium*, à l'endroit où le bœuf Sencsba vient de quitter l'homme à qui il avait été confié, il s'inquiète et tremble qu'il ne lui arrive ce qui est arrivé à l'un de ses congénères, qui, poursuivi par un loup et tombé dans une rivière, n'en est tiré que pour être ensuite presque écrasé par la chute d'un mur. Dans la version de Raymond, au lieu d'un bœuf il s'agit d'un homme qui n'échappe pas à la mort.

Dans la fable du corbeau et du serpent qui fait partie du même chapitre, Raymond charge un loup du rôle attribué par Jean de Capoue à un second corbeau ami de celui dont les petits sont dévorés par le serpent.

La fable du héron et des truites, qui vient ensuite, fournit encore un exemple de l'habitude de Raymond, contraire à celle de Jean de Capoue, de baptiser ses personnages de noms propres ou tout au moins de les faire connaître par le nom de l'espèce à laquelle ils appartiennent. Tandis que le second ne se sert que des mots *quædam avis*, le premier fait de l'oiseau un héron qu'il appelle *Garca*, expression fournie par la vieille version espagnole. Pour servir d'intermédiaire entre le héron et les truites, il remplace le crabe de la même fable par un chasseur.

Dans la fable suivante où le renard figure avec le lion, le loup, le corbeau et le chameau, Raymond lui substitue le daim.

Plus loin il appelle *Tibilongæ* deux oiseaux aquatiques dont Jean de Capoue n'indique pas l'espèce.

Il néglige la fable dont les personnages sont le mari, sa femme infidèle et leur pie.

Je ne signale plus dans le chapitre IV qu'une différence entre les deux versions. Dans la fable où Jean de Capoue met en présence un oiseau, un serpent et un crabe, sans autre désignation, Raymond, précisant davantage, appelle l'oiseau un héron (*garca*) et le serpent une vipère.

Le chapitre V (troisième de Jean de Capoue) ne donne lieu qu'à peu d'observations. La version de Jean de Capoue possède une fable dont les personnages, qui sont un charpentier, sa femme et un esclave, habitent une ville nommée *Bostennis* dans un pays appelé *Abezie*. Dans la même fable Raymond exhibe, au lieu d'un charpentier, un riche marchand, qu'il fait habitant d'une ville nommée *Ovetum*, sans dire de quel pays elle dépend.

Dans le chapitre VI (quatrième de Jean de Capoue), tandis que Jean évite de nouveau les noms propres, Raymond en fait un large usage. Ainsi, dans la fable principale au lieu de placer un *certain* corbeau dans une *certaine* province, il donne au corbeau le nom de *Gebal* et le met dans un pays nommé *Dizilis* près d'une ville appelée *Morate*. Il est vrai qu'il n'attribue aucun nom à la souris qui joue cependant dans la même fable un rôle important, tandis que la colombe dans le *Directorium*, l'appelant par son nom, crie : *Sambat!*

Je ne m'arrête pas aux chapitres VII, VIII et IX (cinquième, sixième et septième de Jean de Capoue).

Dans le chapitre X (huitième de Jean de Capoue) je ne fais que la remarque suivante : le chat et le rat qui sont les deux principaux personnages portent des noms propres dans les deux versions. Seulement dans celle de Jean ils sont nommés, le premier *Pendem* et le second *Rem*, et dans celle de Raymond le premier est *Peridon* et le second, *Romi*.

N'ayant aucune observation intéressante à présenter sur le chapitre XI (neuvième de Jean de Capoue), je passe au suivant.

Dans le chapitre XII (dixième de Jean de Capoue), les animaux n'ont pas d'emploi. Ce sont des êtres humains qui les remplacent.

Il s'y déroule un drame dont les acteurs principaux sont, d'après Jean de Capoue, le roi *Sederas*, la reine *Hellebat*, le fidèle ministre *Beled* et le vieux sage *Kynaron*. Modifiant un peu ces noms, Raymond change *Sederas* en *Sedran* et *Beled* en *Billet*. Dans l'argument du chapitre, au lieu de *Billet* on lit *Biler* et *Roillet*. Il peut paraître singulier que le nom du ministre ne soit pas identique dans l'argument et dans le chapitre lui-même. Mais il ne faut pas oublier que le manuscrit 8505 a été copié sur un livre de luxe dont les titres à l'encre rouge étaient sans doute d'une main autre que celle qui avait écrit le reste du volume et que le rubricateur a pu ne pas bien lire l'écriture du copiste.

Dans le chapitre XIII (onzième de Jean de Capoue) Raymond fait d'un loup le sage qui admoneste et persuade la lionne, tandis que dans le *Directorium* c'est un renard qui remplit cet office.

Je passe, sans faire de remarque, sur les chapitres XIV, XV et XVI (douzième, treizième et quatorzième de Jean de Capoue), et je m'arrête au chapitre XVII (quinzième de ce traducteur). Dans le chapitre IV du *Directorium* la croyance à la prédestination avait été en quelques mots manifestée déjà par la colombe sous le filet qui la retenait; mais, tandis que dans une phrase très brève elle est encore proclamée comme une éternelle vérité par le jeune homme pauvre au moment où il vient d'être élevé au trône, Raymond en fait dans sa traduction l'objet de trois discours prononcés l'un par le nouveau monarque, les deux autres par deux de ses sujets.

Dans le chapitre XVIII (seizième de Jean de Capoue) les deux versions sont d'accord pour donner au canard sauvage le nom de *Holgos*, hébraïque d'après le *Directorium*, arabe d'après Joël. Mais tandis que Jean de Capoue nomme *Mosan* l'autre oiseau qui dans la fable joue un rôle perfide, Raymond l'appelle *Masia*.

N'ayant rien de bien intéressant à faire observer au sujet du chapitre XIX et dernier, je ne prolonge pas davantage mon analyse.

SECTION II.

Question à résoudre et solution.

Il ne suffit pas d'avoir analysé le manuscrit, il reste une question à résoudre. Raymond a-t-il été un véritable traducteur, ou, malgré toutes les différences de détail que nous avons remarquées entre sa version et celle de Jean de Capoue, ne s'est-il pas comporté en simple plagiaire?

L'opinion aujourd'hui admise, c'est qu'il a tiré sa version latine d'une vieille traduction espagnole qui, vers 1251, avait été faite sur l'ordre de l'Infant Don Alphonse le Sage, devenu plus tard Alphonse X, ou peut-être, si l'on en croit Benfey, par ce prince lui-même (1). Le P. Sarmiento dans ses Mémoires pour servir à l'*Histoire de la poésie et des poètes espagnols* (2) et Don Rodriguez de Castro dans sa *Bibliothèque espagnole* (3) avaient, vers la fin du siècle dernier, révélé l'existence de cette vieille traduction dans un manuscrit de l'Escurial. Mais elle n'est bien connue que depuis la publication qui en a été faite en 1860 par Don Pascual de Gayangos dans la *Bibliothèque des auteurs espagnols* (4). Suivant ce savant éditeur, cette version a été directement exécutée non sur un texte latin, mais sur l'arabe, et Benfey, en adoptant cette opinion, a démontré qu'elle était parfaitement fondée (5).

Il est également hors de doute que c'est un exemplaire de cette version que Raymond a eu dans les mains, et l'on conçoit qu'il en soit réputé le traducteur latin. Mais mérite-t-il cette qualification?

Retenu par un sentiment de bienveillance exagéré, Silvestre de Sacy n'a pas voulu la lui refuser. Il a fait plus, il a essayé de démontrer que c'était bien la version espagnole qu'il avait mise en latin. Il a, à cet effet, relevé quelques indices qui, en réalité, ne sont guère probants.

D'abord il fait observer que « Raymond dit que le livre s'appelle *Liber de exemplis sensibilibus* (6) et que ce titre semble avoir quelque rapport avec celui de la version espagnole, moins ancienne que celle de 1251, mais plus tôt imprimée, qui est intitulée : *Exemplario contra los engaños y peligros del mundo.* » Il est vrai que dans le manuscrit 8505 on lit les mots *Liber sensibilium animalium exemplorum.* Mais

(1) *Orient und Occident*, 1862, vol. I, pp. 497 à 507.

(2) *Memorias para la historia de la Poesia y Poetas españoles*. Tomo primero de las obras posthumas de Revº P. M. Fr. Martin Sarmiento benedicto. Madrid, 1775.

(3) *Biblioteca Española*. Madrid, 1786; t. I in-fol., pp. 637 et 638.

(4) *Biblioteca de Autores españoles*, etc., vol. 51.

(5) *Orient und Occident*, vol. I.

(6) *Notices et extraits des manuscrits*, etc., t. X, 2ᵉ partie, p. 20.

le mot *exempla* était au moyen âge une expression couramment appliquée aux ouvrages auxquels des fables étaient mêlées. Cette première remarque est donc sans valeur.

Passons à une autre. On sait que dans le *Directorium humanæ vitæ* le médecin de Nouschirwan est toujours nommé *Berozias.* Raymond l'appelle *Berzebuy;* quelquefois c'est par les mots *Berozias seu Berzebuy* qu'il le désigne; Silvestre de Sacy, ne connaissant pas la version espagnole de 1251, n'affirme pas formellement que le second de ces deux noms en soit tiré, mais il le suppose. « Je suis, dit-il, fort tenté de croire que Berzebuy vient de la traduction espagnole (1). » Sa supposition, je le reconnais, a été justifiée par la publication de cette version; Barzouyèh y est nommé *Bersehuey.*

Quant au philosophe que Jean de Capoue nomme toujours *Sendebar,* Raymond, à partir du dernier feuillet de son chapitre V, lui donne le nom de *Sendebat*, visiblement calqué sur le précédent; mais il avait commencé par l'appeler *Bendabeh,* nom issu de celui de *Bendeba* fourni par la version espagnole.

D'autres indices sont encore signalés par Silvestre de Sacy : au début du premier des deux chapitres consacrés à l'histoire du lion et du bœuf le nom de l'île Majorque, *patriam Maioricam,* est substitué par Raymond à celui de *Mathor* adopté par Jean de Capoue.

Dans l'une des fables du même chapitre il est question d'un héron qui dans l'arabe est appelé *oldjoum* ou *olgoum*, que Jean de Capoue se contente de désigner par les mots *quædam avis*, dont le nom espagnol est *Garza* et que Raymond nomme *Garca.*

Enfin Silvestre de Sacy prend pour exemple un autre oiseau, dont, suivant Raymond, le nom arabe est *Marzan* et le nom vulgaire *Moratico;* or, ce nom vulgaire qui ne figure pas dans le *Directorium* a une terminaison espagnole.

Telles sont les preuves par lesquelles le savant orientaliste croit avoir démontré que c'est sur la version espagnole que Raymond a fait la sienne.

Qu'il y ait pris des noms de localités, de personnages et d'animaux, je l'admets aisément; je suis même enclin à penser que c'est un des moyens qu'il a systématiquement employés pour se faire reconnaître traducteur; mais qu'il ait vraiment mérité ce titre, c'est ce que je lui dénie.

(1) *Notices et extraits des manuscrits*, etc., t. X, 2e partie, p. 29.

Raymond dans bien des endroits n'a fait que copier le *Directorium*, et dans ceux où il ne l'a pas copié il l'a servilement imité. La chose était si patente qu'il n'était pas possible qu'elle ne fût pas avérée même pour Silvestre de Sacy. Aussi, malgré son indulgence pour Raymond, s'est-il cru moralement obligé de la reconnaître (1). Il a en conséquence fait entre les deux textes des rapprochements instructifs et notamment placé tout entier le chapitre de Raymond *De rege et ave* en présence du chapitre correspondant du *Directorium* (2).

Il ne s'en est pas tenu là : dans sa Notice du *Liber de Dina et Kalila* (3), il a mis en parallèle beaucoup d'extraits qui auraient dû l'éclairer sur le véritable genre de besogne accompli par Raymond. En voici deux qui forment, l'un dans le manuscrit 8505, l'autre dans le texte imprimé, le dernier alinéa de la vie de Barzouyèh :

TRADUCTION DE RAYMOND DE BÉZIERS.

Et deliberavi meum consilium effici heremitam et divino cultui deputari. (Fol. 41 r°.) Et rectificavi omnia mea opera, quantumcumque poteram in melius, ut forsitan per hoc valeam mihi acquirere tranquillitatem stabilem in isto seculo et futuro in quo eius habitatores non pereunt, nec per consequens moriuntur, nec advenit accidens malum quod in ipso fuerit collocatum. Et corrigebam meam animam et ipsam ab omni vicio preservabam, agens super hiis penitentiam que olim commiseram, et permansi semper in hac vita. Rediens autem de Yndia ad terram meam, transtuli ibi hunc librum et plures alios præter istum.

TRADUCTION DE JEAN DE CAPOUE.

Et deliberavi meum consilium heremita effici et divino cultui deputari, et rectificavi universa mea opera quantumcumque poteram in melius, ut forsitan per hec valeam mihi acquirere stabilem tranquillitatem in futuro seculo in quo eius habitatores non moriuntur, nec advenit ei accidens malum qui in ipso fuerit collocatus. Et corrigebam animam meam et ipsam ab omni delicto preservabam, super his agens penitentiam quæ olim commiseram et semper permansi in hac vita. Rediens autem de Yndia ad meam terram, transtuli ibi hunc librum et alios præter istum.

Il semble que ce double extrait et tous ceux qu'il a plu à Silvestre de Sacy mettre en face les uns des autres auraient dû achever

(1) *Notices et extraits des manuscrits*, etc., t. X, 2e partie, p. 28 et 29.
(2) *Notices et extraits des manuscrits*, etc., t. X, 2e partie, p. 49 et suiv.
(3) *Notices et extraits des manuscrits*, etc., 2e partie, p. 28 à 34.

de l'éclairer sur le véritable genre de besogne accompli par Raymond. Il n'en a rien été. Il s'est au contraire ingénié à donner des procédés de ce dernier une explication qui pût le préserver de toute déconsidération.

Suivant lui (1), Raymond qui avait commencé son travail du vivant de la reine Jeanne, n'aurait pas, avant le décès de cette dernière survenu en 1305, connu la traduction latine de Jean de Capoue, et ce n'est que lorsque vers 1312 il a repris son travail, que le *Directorium* serait tombé entre ses mains. De là viendrait que Barzouyèh a reçu de lui deux noms différents, d'abord sans doute celui de *Berzebuey* ou de *Berzebuy* et plus tard, sous l'influence de la version latine qui lui était révélée, celui de *Berozias* qu'on rencontre en divers endroits et particulièrement dans les rubriques. De là viendrait également que Bidpaï, appelé d'abord *Bendabeh* dans les quatrième et cinquième chapitres, a été ensuite nommé *Sendebat*, nom qui n'est que l'altération de celui de *Sendebar* adopté par Jean de Capoue.

Avant de présenter sa traduction à Philippe-le-Bel, Raymond l'aurait entièrement revue, et il y aurait fait, après coup, des additions tirées du *Directorium;* telles sont par exemple celle qui forme le dernier alinéa de la vie de Barzouyèh et celle où, attribuant à la version espagnole la même généalogie qu'au *Directorium*, il faisait du texte hébraïque la source des deux versions.

Si Raymond s'était borné, dans une traduction qui aurait bien été son œuvre, à substituer aux noms propres de la version espagnole ceux qu'il aurait trouvés dans le *Directorium* et même à prendre çà et là des alinéas entiers de cet ouvrage pour les ajouter littéralement à son propre texte, on pourrait encore voir en lui un traducteur digne de ce nom. Mais il n'en a pas été ainsi. Quand on compare les deux traductions latines, il devient indéniable qu'il a pillé celle de Jean de Capoue depuis le commencement jusqu'à la fin de son travail.

Souvent une erreur en engendre une autre ; c'est ce qui est arrivé à Silvestre de Sacy : il a eu le tort de voir dans le manuscrit 8504 l'œuvre authentique de Raymond, et les développements qu'elle y a reçus d'un lettré inconnu et qui la font différer du

(1) *Notices et extraits des manuscrits*, etc., t. X, 2e partie, p. 40 et 41.

Directorium, l'ont ensuite empêché d'y démêler la servile imitation qu'elle recélaît.

Si, au lieu de voir dans le manuscrit 8505 une copie incomplète de l'autre, il l'avait pris pour ce qu'il est, c'est-à-dire pour le vrai texte de Raymond, il est permis de croire qu'il aurait aperçu le plagiat. Ne suivons pas son exemple et comparons quelques passages de ce manuscrit à ceux auxquels ils correspondent dans le *Directorium*. Nous ne pourrons pas ensuite ne pas être fixés.

Voici d'abord la moralité déduite de l'histoire de Kalila et Dimna.

TRADUCTION DE RAYMOND DE BÉZIERS.	TRADUCTION DE JEAN DE CAPOUE.
Oportet virum intelligentem ab huiusmodi cavere et scire quia quicunque querit bonum suum in malo alterius, pec[c]at contra se ipsum et capitur in suarum operacionum malicia et fraude.	Sic oportet virum intelligentem ab huiusmodi cavere et scire quoniam quicumque querit bonum suum cum malo alterius, peccat contra seipsum et capitur in malicia operacionum suarum.

Ici, comme dans le dernier alinéa de l'histoire de Barzouyèh, l'identité est à peu près complète.

Nous avons comparé les rédactions d'une même fin de chapitre. Voyons maintenant comment le début d'un autre a été formulé dans les deux versions. Considérons à cet effet celui des Corbeaux et des Hiboux.

TRADUCTION DE RAYMOND DE BÉZIERS.	TRADUCTION DE JEAN DE CAPOUE.
Inquid rex philosopho : Intellexi iam ea que dixisti de amicis fidelibus qui dil(l)igunt se invicem cum cordis simplicitate et anime et que fuit merces eorum circa illud. Indica mihi de inimico si potestne effici amicus, ut de eo eius inimici possint confidere ullo modo, et quid est inimicicie et eius modus seu natura et quomodo oportet regem agere et regere regnum suum, quando advenit ei aliquid a viris inimiciciarum suarum utrum pacem eorum non debeant querere	Inquit rex philosopho Sendebar : Intellexi iam ea que dixisti mihi seu declarasti de amicis fidelibus qui diligunt se invicem cum simplicitate cordis et anime et que sit merces eorum circa illud. Indica mihi nunc de inimico, si potestne effici amicus, ut de eo eius confidant inimici, et quid est inimicicia et eius modus et natura, et quomodo oportet regem agere quando advenit ei aliquid a viris inimiciciarum suarum, utrum debeat pacem eorum querere vel non, et utrum possit

vel petere ab eisdem, et utrum possit credere inimico et ei sine periculo adherere et sibi societatem ostende[re] et amorem. Et super hoc affer mihi parabolam et doctrinam.

credere inimico suo et ei adherere et ostendere ei societatem et amorem; et super hoc affirma mihi parabolam.

Voilà encore deux textes presque identiques. Peut-être objectera-t-on que Raymond, dans la revision que, suivant Silvestre de Sacy, il aurait faite, a pu mettre après coup le début et la conclusion de ses chapitres en harmonie avec ceux de Jean de Capoue, mais qu'il n'a pas poussé plus loin ses emprunts. Pour nous soustraire à cette objection, comparons les deux rédactions d'une même fable. J'extrais la suivante du chapitre de la Colombe, de la Souris et du Corbeau, c'est-à-dire de la partie de sa version dans laquelle Raymond s'est, plus que vers la fin, préoccupé de dissimuler son plagiat.

TRADUCTION DE RAYMOND DE BÉZIERS.

Dicitur fuisse quidam venator qui, cum exivisset quadam die cum suo arcu et sagit[t]is ad venandum in silva, non procul a civitate occurrit ei cervus, et sagittans ipsum interfecit repentine. Ac[c]epit ipsum et rediens ad domum suam cum eo, cum ambularet per viam, occurrit ei aper, et sequens eum aper eum volebat interficere illa hora. Qui cum hoc vidisset, deponens cervum ab humero, aprum protinus sagit[t]avit et eum percussit suo corde. Aper, vero sentiens doloris vehementiam vulneris, in hominem irruit repentine et eum suis dentibus vulneravit, scindens cum dentibus ventrem suum, et mortuus est homo ille et aper, et sic ambo mortui remanserunt. Et cum transiret lupus, videns aprum et cervum et hominem mortuos, gavisus est ultra modum [et] in corde

TRADUCTION DE JEAN DE CAPOUE.

Dicitur fuisse quidam venator qui, cum exivisset quadam die cum suo arcu et sagittis ad venandum in silva, non procul a civitate occurrit ei cervus, et sagittans eum interfecit, accepitque ipsum et redibat ad domum suam cum eo. Et cum ambularet per viam, occurrit ei aper quidam, et sequens eum aper volebat eum interficere; qui cum hoc vidisset, deponens cervum ab humero suo, sagittavit aprum et percussit eum in corde suo. Aper vero sentiens vehementiam doloris vulneris, irruit in hominem et vulneravit eum suis dentibus, scindens ventrem suum, et mortuus est homo. Aper etiam cum letaliter vulneratus esset, mortuus est cum eo. Et cum transiret ibi lupus, vidit aprum, cervum et hominem mortuos et gavisus est, et dixit in corde suo : Debeo conservare hec

suo talia cogitavit : Debeo ex hoc omnia que inveni casu fortuito conservare, ut sint mihi pro necessariis temporibus conservata, nec volo de hiis gustare hodie ullo modo ; sed sufficit mihi corrodere cordam archus. Et accedens ad archum cepit cordam rodere cum effectu ; que prorupta subito eum percussit in cervice, et mortuus cecidit illa hora.

omnia que inveni, ut sint mihi conservata pro temporibus necessitatum ; nec valebo de eis gustare hodie, sed sufficit mihi nunc rodere cordam arcus. Et accedens ad arcum, cepit rodere cordam, que propupta subito percussit eum in tramite, et mortuus cecidit.

Si je prolongeais l'examen comparatif des deux traductions, il donnerait les mêmes résultats. Comme on doit être maintenant édifié, je ne le pousse pas plus loin.

Il n'y a qu'une raison à donner de cette identité, et lorsqu'on est dans la bonne route, elle saute aux yeux.

Raymond qui, comme il nous l'apprend, était médecin, aurait, à une époque où le latin était la langue employée dans les livres de médecine, eu de cette langue une notion suffisante pour accomplir aisément sa tâche, si l'ouvrage à traduire avait été écrit en français. Mais il est plus que probable qu'il n'avait aucune connaissance de l'idiome castillan. Néanmoins, comme il espérait retirer un sérieux avantage de la traduction qui lui était demandée, il n'hésita pas à s'en charger.

Lorsque le décès de la reine Jeanne lui eut momentanément fait perdre l'espoir qu'il avait conçu, il abandonna sa traduction, et si, après une interruption de plusieurs années, il s'était remis à l'œuvre, c'est parce qu'il avait cru y voir un moyen d'entrer en relations personnelles avec le roi. Quant au goût des lettres, il n'avait été pour rien dans ses résolutions.

Comment, ne connaissant pas l'idiome dans lequel la version espagnole avait été écrite, avait-il pu avoir la témérité d'accepter une mission qu'il était incapable de remplir ? Voici la seule explication qui s'en puisse donner : il n'ignorait pas l'existence du *Directorium* et l'origine commune des versions hébraïque et espagnole, et il s'était dit que, le *Directorium* étant la version du texte hébraïque, il lui était facile de le copier et de le faire passer pour celle du texte espagnol.

On comprend ce que dans ces conditions a dû être sa version ;

il était presque fatalement condamné à manquer du vulgaire genre d'honnêteté qu'on appelle la probité littéraire.

Maintenant, pour qu'on soit bien fixé sur les procédés auxquels il a eu recours, je tiens ici à le redire, il n'a pas toujours, comme dans les textes que je viens de prendre pour exemples, copié presque littéralement le *Directorium*. Le plus souvent entre les deux versions les différences sont plus grandes ; tantôt, tout en conservant à une phrase les mêmes mots, il en a changé l'ordre, tantôt il en a supprimé quelques-uns, tantôt il en a ajouté plusieurs. Souvent il a ainsi violé les règles grammaticales ; mais il n'a guère atteint son but ; car un examen bien attentif n'est pas nécessaire pour apercevoir ses larcins.

Du reste, il n'a pas tardé à se fatiguer de ce singulier genre de démarquage. Supposant sans doute que la reine Jeanne pour qui il avait d'abord entrepris sa version et Philippe-le-Bel à qui il l'a ensuite dédiée, ne connaîtraient pas le *Directorium* ou ne songeraient pas à rapprocher les deux versions l'une de l'autre, il s'est de moins en moins efforcé de créer entre elles des différences factices, et, comme Silvestre de Sacy l'a lui-même observé, à mesure qu'il s'éloignait davantage du commencement de son œuvre, il s'est de plus en plus rapproché de celle de son devancier.

Voilà, selon moi, la solution du problème ; en voyant combien il était facile de la découvrir, je m'étonne que les érudits se soient tant torturé l'esprit pour ne parvenir qu'à se fourvoyer.

SECTION III.

Analyse de la version interpolée.

Nous avons vu ce qu'était la prétendue version latine par Raymond de Béziers du texte espagnol du livre de Kalila et Dimna.

Cette version, comme je le montrerai plus loin, a attiré l'attention d'un religieux lettré qui, voulant la faire servir à l'enseignement de la morale chrétienne, y a, dans ce but, introduit à profusion, sous la forme de citations en prose et en vers, des additions qui en ont doublé le volume.

Ces additions nous ayant été conservées dans le manuscrit 8504 de la Bibliothèque nationale, nous allons d'abord analyser son texte.

C'est un livre de luxe du petit format in-fol., dont les feuillets en parchemin portent 169 numéros inscrits à une époque peu ancienne, dont l'écriture à deux colonnes du XIVe siècle est, au commencement du moins, de la main d'un calligraphe, mais pullule partout de fautes grossières, et qui est orné d'un très grand nombre de miniatures d'un joli coloris, mais d'un médiocre dessin, surmontées de légendes explicatives à l'encre rouge.

Le premier feuillet forme à lui seul un cahier, ajouté au manuscrit à une époque où il était déjà terminé. Il dépend d'une feuille dont la première moitié avait, d'après Silvestre de Sacy, été collée sur la face intérieure du premier des plats, mais a sans doute été déchirée et a complètement disparu.

Sur le recto du premier feuillet, qui autrement serait blanc, on lit la note suivante, que Silvestre de Sacy, sans que rien l'y autorise, suppose être de la main du copiste Devassenex. « *Ce livre ycy contient iiij foys quarante feuillies de x soy chacun qui monte environ iiij escus a marchander asse.* »

Les deux colonnes du verso du premier feuillet sont occupées par un préambule qui a été mis sans doute après coup en tête du volume et dans lequel, sous une forme un peu différente, sont exprimées les mêmes idées que dans la dédicace placée en tête du manuscrit 8505, à savoir : le regret de n'avoir pas accès auprès du roi de France, et la résolution prise, pour l'obtenir, de procéder à l'achèvement, interrompu après le décès de la reine, de la version entreprise pour elle.

Remarquant qu'il n'y a aucune ponctuation après le dernier mot de ce préambule, Silvestre de Sacy le suppose incomplet ; mais cela n'est pas présumable ; car la dernière phrase est entière, et la page suivante est blanche.

Cette page est la première d'un second cahier qui, comme le premier, n'est composé que d'une feuille, mais dont les deux feuillets, en ce qui touche le verso du premier et le recto du second, ont été utilisés après coup. Ce verso et ce recto sont divisés chacun en deux colonnes. La première du verso est occupée par trois légendes explicatives de trois jolies miniatures collées en face sur la deuxième colonne. La première colonne du recto est également remplie par trois légendes en face desquelles étaient de même collées trois miniatures, depuis longtemps réduites à deux par la disparition de la première. Il y a ainsi six légendes écrites, la première en encre bleue, la deuxième en encre d'or, la troisième en encre de carmin rosé, la quatrième en encre de minium ou de cinabre, la cinquième en encre d'or, et la sixième en encre verte.

Les cinq premières représentent des cérémonies qui ont eu lieu à Paris en l'année 1313, le jour de la Pentecôte et les jours suivants. Elles sont de mêmes dimensions. La sixième, qui est un peu plus grande que les autres, donne le spectacle de la présentation du livre qui aurait été faite par Raymond à Philippe-le-Bel au cours de la même année, sur le conseil de l'évêque de Châlons, chancelier du roi, désigné dans la légende par les lettres P et R, initiales de son nom. Silvestre de Sacy croit que ce personnage est Pierre de Latilly, qui fut élevé à la dignité de chancelier le jeudi après le Dimanche de Quasimodo de 1313, élu peu de temps après évêque de Châlons-sur-Marne, mais sacré seulement le 2 décembre de la même année.

C'est le second feuillet de ce deuxième cahier qui est le point de départ des 169 numéros que porte le manuscrit.

Le numéroteur a négligé les deux premiers feuillets du manuscrit. Ce n'est pas la seule faute qu'il ait commise ; d'abord, omettant le n° 8, il a inscrit le n° 9 sur le feuillet venant immédiatement après celui auquel il avait donné le n° 7 ; puis il n'a pas aperçu qu'il manquait au manuscrit un feuillet après celui qui avait reçu le n° 9, et un autre après celui qui porte le n° 22. Il s'ensuit que les feuillets qui ont reçu les n°s 1, 9, 10 et 23 sont en réalité les feuillets 3, 10, 12 et 26, et que, si l'on tient compte des deux manquants, les numéros devraient aller de 1 à 172. Du reste, il est possible que le numérotage, s'il remonte à l'époque où le manuscrit a été exécuté, ait bien eu pour point de départ le premier feuillet employé par le copiste. Car, ainsi que je le montrerai plus loin, ce qui précède n'a été écrit que plus tard, de sorte qu'on peut dire encore que c'est toujours au même endroit qu'est le début du livre. Quoi qu'il en soit, pour la commodité de ceux qui voudront recourir au manuscrit, j'en ai dans mon édition conservé le numérotage.

Continuons notre analyse. Le haut de la dernière page du

deuxième cahier, où se trouve le véritable commencement du livre, est orné d'une large miniature, aussi artistique que les précédentes qui, au centre, représente Philippe assis, couronné, et assisté par cinq personnages debout. Voici comment Silvestre de Sacy les identifie (1) : « A sa droite est la reine d'Angleterre, Marguerite, fille de Philippe et femme d'Édouard II, et à sa gauche le roi de Navarre, Louis, fils du roi de France ; Marguerite et Louis sont debout et portent la couronne ; à la droite de Marguerite, sont deux autres princes, et un troisième est à la gauche du roi de Navarre ; ces trois princes sont vêtus d'une robe bleue et couverte de fleurs de lis d'or, en tout pareille à celle de Philippe-le-Bel. Deux de ces princes sont, sans doute, Philippe, comte de Poitou, et Charles, comte de la Marche, qui occupèrent dans la suite, l'un et l'autre, le trône de France ; il est difficile de dire quel est le troisième ; serait-ce Charles de Valois, oncle de Philippe-le-Bel, ou plutôt le fils de Charles ? »

La dédicace vient immédiatement après la miniature. Raymond s'y dit de Béziers et s'y qualifie médecin. Il n'indique plus, comme dans son préambule, quel est le véritable but qu'il poursuit ; il explique que le livre de Kalila et Dimna a été traduit en langue espagnole, qu'il n'était intelligible ni pour la reine Jeanne à qui il avait été offert, ni pour les personnes à qui cette langue n'était pas familière, que sur l'ordre de cette reine il l'avait fait passer dans la langue latine, plus généralement connue, qu'en agissant ainsi il avait voulu glorifier Dieu, être utile au public, honorer le roi et la reine, ainsi que le roi de Navarre Louis, la reine d'Angleterre Marguerite et les princes Philippe et Charles, enfin en faire hommage au roi lui-même.

Il avertit qu'il a fait des additions en vers et en prose, qui ont été écrites à l'encre rouge pour qu'on pût les distinguer de l'œuvre véritable.

Enfin il annonce que dans le prologue du livre lui-même on verra pourquoi ce livre a été intitulé *Kalila et Dimna*, pourquoi on l'appelle le *Livre royal*, comment il a été approprié à l'instruction des rois et des grands et comment il a été divisé en dix-neuf chapitres.

La dédicace est, à peu près dans les mêmes termes que dans le

(1) *Notices et extraits des manuscrits*, etc., t. X, 2e partie. pp. 7 et 8.

manuscrit 8505, suivie du prologue qui ici commence par une invocation à la Sainte-Trinité. Il est bon de mentionner ce détail, parce que nous trouverons toutes conçues dans le même esprit les nombreuses interpolations dont le manuscrit 8504 a été chargé.

Les explications sur les points indiqués à la fin de la dédicace sont présentées dans le prologue à peu près comme elles l'avaient été à la même place dans le manuscrit 8505. On y rencontre la même erreur relativement à la prétendue origine indirectement arabe et directement hébraïque de la version espagnole, et un renseignement à peu près semblable touchant le mandat donné à Raymond de traduire cette version en latin.

Comme dans le manuscrit 8505, le prologue est suivi de l'argument des chapitres, qui est beaucoup plus explicite. Non seulement il est plus développé, mais encore il comprend l'analyse des fables et l'indication de leur nombre et de celui des vers et des miniatures qui y sont contenues.

D'après les comptes relatifs au nombre des fables et à celui des vers, il y aurait dans le premier chapitre 3 fables et 50 vers, dans le deuxième ni fables, ni vers, dans le troisième 6 fables et 33 vers, dans le quatrième 21 fables et 137 vers, dans le cinquième 3 fables et 137 vers, dans le sixième 5 fables et 164 vers, dans le septième 11 fables et 102 vers, dans le huitième 2 fables et 48 vers, dans le neuvième 2 fables et 15 vers, dans le dixième 1 fable et 15 vers, dans l'onzième 1 fable et 54 vers, dans le douzième 3 fables et 29 vers, dans le treizième 1 fable et 19 vers, dans le quatorzième 2 fables et 4 vers, dans le quinzième 1 fable et 21 vers, dans le seizième 1 fable et 2 vers, dans le dix-septième 1 fable et pas de vers (1), dans le dix-huitième 7 fables et 15 vers. Mais il ne faut pas s'en rapporter à cette double énumération. Si on la considérait comme exacte, il n'existerait dans les dix-huit premiers chapitres que 61 fables.

Quant à l'argument du dix-neuvième chapitre, il n'en existe plus que les premières lignes ; le reste, s'étant trouvé sur le premier

(1) Silvestre de Sacy a commis une grosse faute, en lisant dans l'argument du chapitre XVII les mots « *multi* versus », au lieu de « nulli versus », c'est-à-dire tout l'inverse de ce que portait le manuscrit, dans lequel, en effet, ce chapitre, au lieu de posséder beaucoup de vers, n'en renferme aucun. Voyez *Notices et extraits des manuscrits*, etc., t. X, 2e partie, p. 17.

des feuillets actuellement manquants, a disparu, de sorte qu'on ne peut savoir quel nombre il indiquait; comme, en réalité, il n'existe dans le chapitre qu'une fable et six vers, le nombre total des fables serait de 62, et celui des vers, de 551, tandis qu'en réalité il y en a beaucoup plus.

A l'égard des miniatures, l'analyse des chapitres n'en fournit pas non plus une nomenclature bien exacte; elle en suppose, sans indication de nombre il est vrai, au premier chapitre, qui n'en possède pas, n'en reconnaît aucune au deuxième qui, en effet, en est privé, et en attribue au troisième 9, au quatrième 9, au cinquième 16, au sixième 12, au septième 15, au huitième 4, au neuvième 3, au dixième 1, au onzième 3, au douzième 13, au treizième 2, au quatorzième 2, au quinzième 5, au seizième 3, au dix-septième 5, et au dix-huitième 13, soit au total 115, qui, si l'on y ajoute celle du chapitre XIX, conduiraient au nombre de 116. Mais ce nombre est inférieur au vrai, qui est de 143 et qui même serait de 145, si le miniaturiste n'avait pas omis de remplir par deux de ses miniatures les espaces blancs ménagés pour elles sur le verso des feuillets 135, c. 1, et 136, c. 1.

Disons maintenant que, si les arguments des dix-neuf chapitres en contiennent une plus complète analyse que ceux du manuscrit 8505, en revanche ils n'ont aucune table alphabétique à leur suite.

Nous avons maintenant à examiner les chapitres. Comme, lorsque j'ai rendu compte du contenu du manuscrit 8505, je les ai déjà analysés et qu'on en trouvera le texte entier dans cette édition, je serai bref.

Et d'abord je passe, sans m'y attarder, sur les deux premiers, qui renferment l'introduction d'Abdallah-Ibn Almokaffa et le récit du voyage de Barzouyèh dans l'Inde, et j'arrive immédiatement à la biographie du célèbre médecin. C'est ici surtout que l'interpolateur s'est donné carrière; il a fait de Barzouyèh un moine chrétien (1) et dans le langage qu'il lui a prêté il a placé tout un traité de morale religieuse.

On se rappelle que, dans le texte du manuscrit 8505, Barzouyèh interpelle plusieurs fois son âme et lui fait de prolixes remontrances. Cela ne suffit pas à l'interpolateur, qui le fait longuement

(1) *Notices et extraits des manuscrits*, etc., t. X, 2e partie, p. 25.

discourir sur les trois vertus théologales et principalement sur la charité. Barzouyèh prend ensuite la résolution de se consacrer aux pauvres matériellement et spirituellement, et il part de là pour expliquer comment il les servira par la raison, la tendresse, la vue, l'ouïe, l'odorat et le toucher.

Puis il s'adresse à Dieu, et son invocation affecte la forme d'un hymne composé de vingt-six vers hexamètres.

Après, il s'endort et, dans son sommeil, il voit le Paradis qui s'ouvre devant lui et dans lequel Dieu, la Vierge, les anges et les saints lui apparaissent.

A son réveil, il se rappelle ce qu'il a contemplé, et c'est en cent soixante-huit vers hexamètres qu'il en fait la pompeuse description.

Le reste du chapitre offre de nombreuses citations presque toutes en vers, qui, seulement vers sa fin, cessent de l'encombrer.

Après l'histoire de Barzouyèh viennent les chapitres IV et V, que je ne dois pas entièrement négliger. Ce sont ceux qui renferment l'histoire du lion et du bœuf. Dans le vrai texte de Raymond, comme dans le *Directorium*, Dimna, pendant l'instruction de son procès, qui reste longtemps indécise, ne cesse de nier sa perfidie et n'en finit pas moins, sur la déposition du léopard, par être condamné à mort, mais ne fait aucun aveu avant de subir sa peine.

Il y avait là une trop belle occasion de faire un cours de morale chrétienne pour que l'interpolateur ne se fût point hâté de la saisir.

Lorsque Dimna voit qu'il est condamné et qu'il n'a plus d'intérêt à rien dissimuler, il se préoccupe du sort qui l'attend dans la vie future et demande un confesseur. Et quel confesseur? Non, jamais on ne pourrait le deviner. L'interpolateur s'est rappelé qu'il avait métamorphosé Barzouyèh en religieux chrétien; mais il a oublié en même temps que ce religieux n'avait jamais été un personnage mythologique, et que c'était le célèbre médecin qui a réellement vécu et dont le nom n'avait été mêlé aux fables d'origine indienne que parce qu'il les avait importées de l'Inde en Perse. Et c'est de lui qu'il a fait le confesseur demandé par Dimna; *petiit Beroziam heremitam ut ab ipso confiteretur* (1). Il est vrai que, dans le manuscrit, au-dessus du mot *Beroziam* le mot *vulpem* a été écrit en lettres plus petites. Mais cette glose a été imaginée par un correc-

(1) Voyez fol. 57 *r*.

teur qui a essayé de rendre raisonnable l'intervention de Barzouyèh, en faisant de lui un renard qui aurait porté le même nom que le médecin de Nouschirwan. Mais l'interpolateur n'est pour rien dans cette explication.

Dimna à qui, à la condition de ne rien dissimuler, l'absolution est promise, s'attribue tous les méfaits possibles; puis il est absous. Tout cela donne lieu à des développements qui sont systématiquement allongés : le récit est interrompu par la description des sept péchés mortels en quatrains léonins au nombre de deux par péché.

Enfin l'heure du supplice arrive, et Dimna y marche en récitant quarante-six vers également léonins par lesquels il exprime son repentir.

On voit combien ce dénouement du drame est loin de la forme primitive de la version de Raymond. Il est vrai que les modifications et les interpolations ne sont pas toujours aussi considérables. Il semble même que, comme Raymond, qui, sous l'influence d'une lassitude croissante, s'était de moins en moins efforcé de dissimuler son plagiat, l'interpolateur, cédant aussi à la fatigue, ait donné à ses additions une extension de moins en moins grande. Mais, jusqu'à la fin, elles sont nombreuses et quelquefois d'une prolixité désespérante. C'est ainsi que dans le chapitre VII, où il s'agit de la guerre entre les Hiboux et les Corbeaux, parmi les interpolations, il en est une qui s'étend du commencement du feuillet 84[b], c.2, du manuscrit 8504 au commencement du feuillet 96[a], c.1 et, par conséquent, remplit vingt-cinq pages ou cinquante colonnes.

Ces énormes additions ont eu quelquefois leur contre-partie et, en changeant l'ordre des idées, ont entraîné des suppressions qui ont été pour les deux manuscrits de Raymond une nouvelle cause de divergence.

Je n'en finirais pas, si j'entreprenais de signaler toutes les particularités intéressantes qu'offre le manuscrit 8504. Il en est une pourtant que je ne puis passer sous silence : ce n'est pas seulement de sentences et d'aphorismes en prose et en vers et de dissertations philosophiques que se composent les additions, c'est aussi de quelques fables. Il y en a ainsi cinq qui sont : les deux Colombes et leur Libérateur; les Bœufs, le Laboureur et le Loup; l'honnête Femme, la Vieille et le jeune Amoureux; la Femme bien gardée et le Mari bafoué; l'Espagnol en voyage et le Dépositaire infidèle. La première appartient au chapitre XVII et les quatre autres au suivant.

SECTION IV.

Questions à résoudre et solutions.

J'aurais terminé l'analyse de l'œuvre de Raymond, s'il ne me semblait pas utile de rectifier quelques erreurs qui se sont d'autant mieux propagées que c'est Silvestre de Sacy lui-même qui les a commises.

Suivant lui, le manuscrit 8505 aurait été copié sur le manuscrit 8504, et ce dernier serait tout entier l'œuvre de Raymond de Béziers et serait celui qu'il aurait offert au roi Philippe-le-Bel.

Première question. — Le manuscrit 8505 a-t-il été copié sur le manuscrit 8504?

Parlant du manuscrit 8505, Silvestre de Sacy s'est exprimé ainsi : « Il n'y a aucun doute que ce manuscrit ne soit une copie du manuscrit 8504, et je crois qu'une note qu'on lit au commencement de ce dernier, et que j'ai rapportée précédemment, est de la main même de Devassenex (1). » Cette note est ainsi conçue : « *Ce livre ycy contient iiij foys quarante feullies et viij feullies de x soy* (2) *chacun qui monte environ iiij escus a marchander asse* (3).

Plus loin, le même savant ajoute : « J'ai dit que le copiste du manuscrit 8505 suit en général le texte du manuscrit 8504; cela est vrai, mais avec une restriction remarquable, c'est qu'il omet presque toujours les vers et les citations de toutes sortes d'auteurs dont Raymond a embelli ou plutôt surchargé sa traduction. Si le copiste Devassenex n'a pas fait cela uniquement pour abréger son travail, c'est une preuve de goût et d'un jugement droit de sa part, ou de la part de celui par l'ordre duquel il a fait cette copie (4). »

Partant de cette idée certainement fausse qu'il n'a jamais existé que deux manuscrits de la version de Raymond, Silvestre de Sacy en a tiré cette déduction, qui devenait toute naturelle, que le manu-

(1) Voyez *Notices et extraits des manuscrits*, etc, t. X, p. 43.
(2) Ainsi pour *sols*.
(3) *Loco citato*, p. 4.
(4) *Loco citato*, p. 45.

scrit 8504, plus ancien que l'autre d'environ un siècle et demi, en était le père.

Ce qui, à première vue, peut conduire à cette erreur, c'est qu'il ressort du texte du manuscrit 8505 que la copie qu'il renferme n'a pu être prise que sur un exemplaire de luxe. En effet, quoiqu'il soit dépourvu de tout ornement, on y trouve toutes les légendes explicatives des miniatures qui existaient dans le modèle employé par le copiste, et, comme le manuscrit 8504 a été enrichi de légendes identiques et de miniatures qui correspondent parfaitement à ces légendes, on n'en doit être que plus porté à conclure que c'est sur ce manuscrit qu'il a été copié.

Je vais d'abord montrer que ce raisonnement pèche par la base. C'est le même que celui qui a induit en erreur M. Robert dans son *Essai sur les fabulistes qui ont précédé La Fontaine;* lorsqu'il eut aperçu, à la Bibliothèque nationale, le manuscrit enluminé qui renferme les fables de Walther l'Anglais et une partie de celles d'Avianus, il pensa également qu'il n'existait pas d'autre exemplaire aussi richement décoré, et les fautes nombreuses qui le déshonoraient et que d'ailleurs il n'avait guère aperçues, ne l'ont pas empêché d'y voir un livre unique, qui ne pouvait être que l'exemplaire offert suivant lui, en 1333, à la reine de France Bonne de Luxembourg, femme de Jean-le-Bon. Or, il se trompait étrangement; car il y a aujourd'hui, il est vrai, sous un format un peu plus petit, deux exemplaires manuscrits du même livre, moins fautifs, mieux calligraphiés et pourvus de pareilles miniatures, qui sont conservés l'un au British Museum, l'autre dans la Bibliothèque royale de Bruxelles.

La version de Raymond de Béziers avait été traitée de la même façon et, qui plus est, à la même époque.

Non seulement il a pu, comme on le voit, exister d'autres manuscrits de la même version ornés de miniatures semblables, mais encore il est constant que c'est sur un des autres que le manuscrit 8505 a été copié.

On a vu plus haut, dans la dédicace de Raymond, par la copie que j'en ai donnée, qu'il s'y trouve deux légendes explicatives de deux miniatures; or, ni ces légendes, ni les miniatures correspondantes n'existent dans le manuscrit 8504; ce n'est donc pas sur ce manuscrit que la copie a été prise. En outre, par les détails dans lesquels je suis précédemment entré, on sait déjà que, si l'on examine les miniatures du manuscrit 8504, on y constate deux lacunes. Il s'y trouve deux espaces blancs qui étaient destinés à en recevoir chacun une. Dans l'un de ces vides, la légende existe; dans l'autre, elle fait défaut; au contraire, les deux légendes figurent dans le manuscrit 8505. Comment en serait-il ainsi, s'il avait été copié sur le manuscrit 8504? Il aurait donc fallu que le copiste inventât l'une de ces deux légendes? On peut encore le prétendre pour celle qui se rapportait à un espace blanc destiné à être rempli; mais les deux de la préface, auxquelles dans le manuscrit 8504 ne correspondaient ni miniatures, ni espaces blancs, comment les expliquer?

Si l'on pouvait faire à cette question une réponse satisfaisante, tout ne serait pas dit. Pour qu'on pût soutenir que Devassenex a exécuté son travail sur le manuscrit 8504, quatre choses seraient encore nécessaires : il faudrait établir qu'en faisant sa copie, il a bouleversé dans sa dédicace et dans son prologue toute la suite des idées de son modèle, qu'il a rétabli les phrases et les mots oubliés, qu'il a pu discerner les mauvaises leçons et en substituer de bonnes, et qu'enfin il a été assez habile pour éviter d'introduire dans sa copie tout ce qui était étranger à la simple version du Livre de Kalila et Dimna. Examinons ces quatre points.

1° On connaît assez les différences qui séparent les dédicaces et les prologues des deux manuscrits pour qu'on sache à quelles sérieuses modifications le copiste aurait eu à se livrer. Je n'ai donc sur ce premier point rien à démontrer.

2° Mais est-il vrai que, dans le manuscrit 8504, il y ait de nombreux mots et même des phrases oubliés dont le manuscrit 8505 rend possible la restitution? Je ne peux pas faire ici le relevé de toutes les omissions du premier auxquelles le second permet de remédier. Mais qu'il me soit permis de citer un court exemple et de renvoyer pour le reste aux notes dont le texte est accompagné au bas des pages.

Voici quelques lignes du dernier chapitre de l'ouvrage, que j'extrais du manuscrit 8505 : « Ait vulpes : Quando te ventus invadit a dextris, ubi reclinas caput tuum? Sub sinistris, [*respondit passer*.] Et ait ad eum iterum vulpes : [*Quando te ventus percutit in*] facie(m) et partibus posterioribus? [*Respondit passer : Sic facio.*] »

Tout ce qui a été imprimé en italique fait défaut dans le manuscrit 8504.

Mais ce ne sont pas seulement des mots et des phrases qui, malgré toutes les additions dont il a été bourré, manquent dans ce manuscrit et heureusement se retrouvent dans l'autre. Ainsi, à la fin de son chapitre X, le texte omis occupe dans le manuscrit 8505 les feuillets 133[a] à 135[b], c'est-à-dire six pages entières. Si après cela on persistait à soutenir que Devassenex a fait sa copie sur le manuscrit 8504, il faudrait qu'on admît qu'il avait entre les mains un second manuscrit, sinon aussi gonflé d'interpolations, au moins plus complet dans les parties qui ne sortaient pas des limites de la version, et qu'il l'employait à corriger les fautes et à combler les lacunes de celui qui était avant tout son modèle. Mais ce serait se faire le systématique partisan de l'invraisemblance.

3° Quant aux leçons qui, lorsqu'elles sont différentes, sont presque toujours meilleures dans le manuscrit 8505, le nombre en est considérable. Mais la nomenclature ici en serait fastidieuse, et je ne puis, pour les faire apprécier, que renvoyer aux notes courantes placées au bas des pages sous le texte du manuscrit 8504.

4° Maintenant le copiste Devassenex a-t-il été assez clairvoyant pour ne transcrire aucune des citations qui encombrent la version de Raymond? Sur ce dernier point il est encore impossible de se ranger à l'avis de Silvestre de Sacy.

Il est vrai que Devassenex se qualifie *maître-es-arts;* mais, d'une part, les fautes dont sa copie, quoique des deux la meilleure, est émaillée et qu'un latiniste de force ordinaire n'aurait pas commises et, d'autre part, la maigre rémunération qui lui avait été allouée prouvent qu'il ne devait être qu'un copiste sans grande valeur; aussi, si les leçons de sa copie sont presque toujours les plus exactes, cela tient moins à ce qu'il était plus instruit que ne l'avait été le copiste qui avait exécuté le manuscrit enluminé, qu'à ce qu'il avait fait son travail sur un modèle beaucoup moins fautif. En voyant qu'il avait transcrit toutes les légendes de son modèle qui, dans sa copie dénuée de toute enluminure, ne pouvaient se rapporter à rien et que, s'il en avait compris le sens, il aurait dû omettre, j'en arrive à me demander s'il avait du latin la moindre notion et si ce *maître-es-arts* était bien un maître ès arts libéraux.

Si maladroitement que les additions aient été soudées au vrai texte de la traduction, l'endroit précis où la soudure a été faite n'est pas toujours nettement visible, et le savant le plus avisé n'aurait pu opérer chaque coupure avec la certitude de l'avoir effectuée à la bonne place. Pour qu'une parfaite ventilation fût possible, il eût fallu que, comme l'annonçaient les dernières lignes de la dédicace, toutes les additions sans exception, même celles consistant dans un simple mot, eussent été écrites à l'encre rouge dans le manuscrit 8504; mais cette précaution a été très mal observée.

Dans ces conditions, comment Devassenex, sur la faible instruction duquel nous sommes maintenant fixés, aurait-il procédé si, tirant sa copie du manuscrit 8504, il avait voulu débarrasser la traduction de Raymond de toutes les herbes parasites dans lesquelles elle était, pour ainsi dire, étouffée? Suivant à la lettre l'indication du manuscrit 8504, il n'en aurait distrait que ce qu'il aurait vu écrit à l'encre rouge, et il aurait conservé ainsi un nombre considérable d'interpolations et notamment les cinq fables des chapitres XVII et XVIII dont il a déjà été question.

Ces explications doivent paraître amplement suffisantes. Si néanmoins on ne s'en contentait pas et si l'on voulait encore que Devassenex eût été capable de faire exactement le départ entre les deux séries d'éléments dont le manuscrit 8504 a été formé, j'ajouterais qu'on sait maintenant combien sont sensibles les différences entre les deux manuscrits de la Bibliothèque, même dans les parties qui leur sont communes et principalement dans le prologue et dans la dédicace. Or, étant donné la nature de la besogne assignée à Devassenex, on ne peut admettre que, même s'il en avait eu la capacité, il aurait eu l'idée d'opérer des modifications si importantes dans une œuvre qu'il était seulement chargé de transcrire. Il n'a donc été que copiste, et sa copie il l'a faite sur un manuscrit enluminé qui ne contenait que le simple texte de la version de Raymond.

J'ajoute que, si aujourd'hui on peut éliminer tout ce qui est ivraie, c'est parce que, en faisant sa copie sur un manuscrit qui ne possédait que le bon grain, Devassenex à son insu en a fourni les moyens.

En voilà, je crois, plus qu'il n'en faut pour montrer que des deux manuscrits le plus jeune n'a pas été le fils du plus ancien.

Deuxième question. — Le manuscrit 8504 est-il tout entier l'œuvre de Raymond de Béziers?

Au début de mon examen analytique de ce manuscrit, j'ai affirmé, sans l'établir, que Raymond n'était pour rien dans les additions faites à sa version. J'ai maintenant à le démontrer.

A cet égard il me semble encore facile d'être fixé. De tout ce qui a été dit il ressort qu'un point capital est déjà acquis, c'est que Raymond, à l'origine, n'est pas sorti des limites prescrites à toute œuvre qui a la prétention d'être une traduction et que c'est par un travail ultérieur que l'amplification a été faite. Est-ce Raymond qui l'a faite? voilà ce qu'en quelques mots je vais discuter.

Si l'on s'en rapporte aux dernières phrases de la dédicace, on répondra affirmativement; en effet, on y lit ce qui suit : « In quo quidem libro addidi versus, proverbia, auctoritates et alia secundum propositam materiam, prout in ipso libro lector poterit intueri, dictasque additiones duxi per rubeum, ut ab ipso libro antiquo discerni valeant, conscribendas. » A la preuve tirée de cette déclaration on peut ajouter, pour la fortifier, cette phrase de Silvestre de Sacy : « Il n'y a aucune raison de douter de ce que Raymond dit dans les textes que nous avons rapportés (1). »

Avant de proclamer ainsi qu'il n'y avait pas lieu de suspecter sa sincérité, il aurait été prudent de se demander s'il était l'auteur des phrases qui viennent d'être transcrites. Du moment que des additions considérables avaient été faites à sa version, il était tout naturel qu'elles fussent annoncées soit dans le prologue, soit dans la dédicace, et l'annonce ainsi placée faisait des additions son œuvre.

En réalité il y était étranger, et il ne pouvait guère en être autrement. Raymond, comme la plupart des plagiaires, avait dû l'être par nécessité. Il l'a été parce que la notion de la langue espagnole lui manquait et qu'il ne pouvait traduire un ouvrage écrit dans cette langue. On ne peut dès lors supposer qu'il ait voulu d'une part, comme amplificateur, compliquer une besogne que, d'autre part, comme traducteur, il avait tenu à simplifier. Mais, s'il avait agi ainsi, il aurait en outre avec plus d'à-propos

(1) Notices et extraits des manuscrits, etc., t. X, 2e partie, p. 10.

évoqué les pensées morales des prosateurs et des poètes, et il ne les aurait pas intercalées au hasard au milieu d'un récit, d'un dialogue et même d'une simple phrase brusquement suspendus, puis repris sans transition.

Je prends un exemple de la façon dont les interpolations ont été faites, et, pour le rendre moins fastidieux le choisissant aussi court que possible, je l'emprunte du chapitre VII : *De turba Sturnorum et de turba Corvorum.*

Un corbeau, pour sauver sa race, s'est volontairement livré aux hibous ses ennemis qui se sont méfiés de lui et près desquels il a été exposé à la mort. Mais sa ruse a réussi et, revenu auprès de son roi, il lui rend compte de ses épreuves et lui dit : « Vere hec omnia super me transierunt, et ea recepi et sustinui patienter, sperans salutem et tranquillitatem pro nobis futuram finaliter evenire. » Au milieu de cette phrase, entre les mots *patienter* et *sperans*, voici ce qui a été intercalé : « Quia dicitur : Qui se humiliat exaltabitur et qui se exaltat humiliabitur.

> Cum bene descendis, tunc in sublimia tendis ;
> Tunc te submittis, cum te in sublimia mittis. »

Cette citation est bien courte ; je pourrais en ajouter beaucoup d'autres ; je m'en abstiens, mais j'affirme que les interpolations sont faites d'une façon si constamment maladroite qu'à la simple lecture on ne cesse de distinguer deux œuvres qui, ayant été mal mélangées, ne se sont nulle part fondues ensemble.

Des deux Raymond n'a écrit qu'une. Quant à l'autre, ainsi que je l'ai déjà dit, je la crois d'un moine à la fois très dévot et très érudit qui, voyant dans la traduction du médecin de Béziers un monument de morale païenne conçu et exécuté sous une forme attrayante, a jugé qu'il en pouvait faire et en a fait un livre de propagande chrétienne.

Troisième question. — Le manuscrit 8504 est-il celui qui a été offert au roi Philippe le Bel ?

Ce qui vient d'être dit au sujet de la deuxième question préjuge la solution de la troisième. Il est certain que Raymond n'a pu vouloir offrir au roi que son livre tel qu'il l'avait conçu et exécuté. Si, comme je l'ai établi, les additions faites à sa version n'émanent pas de lui, le manuscrit 8504 ne peut être celui dont il a fait hommage à Philippe-le-Bel.

Je pourrais m'en tenir à cette simple déduction; mais il n'est pas mauvais que j'y ajoute d'autres raisons.

D'abord la dédicace ne prouve rien; elle ne prouverait quelque chose que si le manuscrit 8505 n'en portait aucune. Or elle y figure et, quoique l'apparence semble contraire, elle y figure à la même place; car, il ne faut pas s'y tromper, les deux manuscrits débutent l'un et l'autre par une dédicace. Ainsi qu'en l'analysant je l'ai déjà fait observer, le manuscrit 8504 n'a pas toujours été dans son état actuel; il n'a pas, à l'origine, possédé le premier cahier de deux feuillets aujourd'hui réduit à un seul; le livre était achevé lorsqu'ils ont été ajoutés en tête. Pour justifier leur addition, on a fait remplir la quatrième page du cahier additionnel par une préface qui par la forme et par le fond se rapproche beaucoup de la dédicace du manuscrit 8505 et qui démontre une fois de plus que c'est bien ce manuscrit qui renferme la véritable rédaction de Raymond. C'est à la quatrième page du cahier suivant, composé aussi de deux feuillets seulement, que commençait le livre. Les trois premières pages avaient d'abord été laissées blanches. Mais plus tard on s'est procuré, je ne sais comment, sans doute en les découpant sur un autre manuscrit, les miniatures qui au nombre de six ont été collées sur le verso du premier feuillet et sur le recto du deuxième. Ce collage et le caractère artistique des miniatures, qui sous ce rapport diffèrent beaucoup des autres, montrent que primitivement on n'avait pas utilisé les trois premières pages, de sorte qu'en somme, dans le manuscrit 8504 comme dans le manuscrit 8505, le livre n'était précédé que d'une dédicace et d'un prologue.

Il en ressort qu'il en était autrefois des manuscrits comme il en est aujourd'hui des ouvrages imprimés : le premier manuscrit précédé d'un prologue était ensuite transcrit par des copistes qui n'omettaient rien de ce que contenait leur modèle, de sorte que la dédicace n'existait pas seulement sur l'exemplaire offert et qu'elle figurait sur toutes les copies successivement faites.

Mais si la dédicace ne prouve rien, il y a dans le volume des indices très significatifs qui montrent qu'il n'a pas eu la destination qu'on lui a attribuée. Ils sont fournis par l'écriture qui, très pure et très régulière au début, ne tarde pas à devenir plus grosse et plus négligée, et par les signes indicateurs du commencement de chaque alinéa qui sont au début sur fond d'or et pour lesquels ensuite on n'use plus de ce luxe.

On pourrait ajouter que, si Raymond avait voulu offrir au roi l'exemplaire qui est devenu le manuscrit 8504, il aurait commencé par reviser le travail du copiste, corrigé ses nombreuses fautes de lecture et rétabli les mots que plus souvent encore il avait omis. Mais je n'insiste pas sur cet indice, parce que Raymond a pu supposer que le roi ne pourrait apprécier que l'aspect extérieur du livre et que, faute de temps ou d'instruction suffisante, il n'en prendrait pas plus ample connaissance.

Il y a au contraire une raison qui est péremptoire, c'est que, suivant Silvestre de Sacy, c'est l'année même où il l'avait achevé que Raymond a offert son livre au roi. Or, ce n'est pas dans cette même année que l'amplification a pu être composée, que le manuscrit 8504 qui la renferme a pu être écrit et enluminé et a pu recevoir les additions dont en tête il a été ensuite surchargé.

Maintenant qu'on connaît l'œuvre de Raymond, on doit être convaincu qu'il méritait la qualification que je lui ai infligée. Il paraît néanmoins que, comme auteur latin du moyen âge appartenant à notre pays, une place lui sera faite dans l'Histoire littéraire de la France. A mon sens il ne mérite pas cet honneur.

J'ai passé en revue trois versions latines. Si je tenais à n'en négliger aucune, je devrais en examiner encore une quatrième. En effet, le P. Poussines, savant jésuite, a publié à Rome, en 1666, d'après la version grecque, faite sur l'arabe vers 1080 par Siméon Seth, une traduction latine intitulée : *Specimen Sapientiæ Indorum veterum* (1). Mais, ayant assigné à mes recherches la fin du moyen âge pour limite extrême, je tiens à ne pas la dépasser et je ne prolonge pas davantage cette étude sommaire sur les fables latines d'origine indienne.

(1) *Specimen sapientiæ Indorum veterum.* Liber olim ex Lingua Indica in Persicam a Perzoe Medico, ex Persica in Arabicam ab Anonymo, ex Arabica in Græcam a Symeone Seth, a Petro Possino societ. Iesu novissime a Græca in Latinam translatus. Georgii Pachymeris Historia. Romæ, typis Barberinis, MDCLXVI. (Voyez p. 545 à 620.)

OEUVRE PRIMITIVE :
Sanscrite.

VERSIONS :

Pehlewie
de Barzouyèh
vers 510
(perdue).

Arabe
d'Abdallah ibn Almokaffa
vers 750.

Syriaque
de Boud
dans la 2e moitié du VIe siècle.

Grecque
de Siméon Seth
vers 1080.

Specimen sapientiæ
du Père Poussines
en 1666.

Persane
de Nasr-allah
vers 1116.

Hébraïque
de R. Joël
dans la 2e moitié du XIIe siècle.

Directorium humanæ vitæ
de Jean de Capoue
vers 1280.

Latine
de Baldo
à la fin du XIIIe siècle

Latine
de Raymond de Béziers
en 1313.

Espagnole
d'Alphonse le Sage
en 1251.

Latine
de Raymond de Béziers
en 1313.

TABLE DES MATIÈRES.

NOTICE

SUR LES FABLES LATINES

D'ORIGINE INDIENNE.

Pages.

AVERTISSEMENT. 1

CHAPITRE PREMIER. — Fables de Jean de Capoue. 3

Section I. — Origines du « Directorium humanæ vitæ, alias Parabolæ antiquorum sapientum ». 3
Section II. — Biographie de Jean de Capoue. 11
Section III. — Analyse du « Directorium humanæ vitæ ». . . . 13

I. — Histoire de Barzouyèh 16
II. — Le Lion et le Taureau. 18
III. — Procès, condamnation et mise à mort de Dimna . . . 19
IV. — La Colombe, la Souris, le Corbeau, la Tortue et le Cerf. 20
V. — Les Hiboux et les Corbeaux. 21
VI. — Le Roi des Singes et la Tortue. 22
VII. — Le Religieux et sa stérile épouse. 23
VIII. — Le Chat et la Souris 23
IX. — Le Roi et son Enfant, et l'oiseau Pinzah et son Petit. . 23
X. — Les Songes du Roi 24
XI. — La Lionne, le Chasseur et le Renard. 25
XII. — Le Religieux et le Voyageur. 25
XIII. — Le Lion et le Renard. 26
XIV. — Le Religieux, et, dans une fosse, l'Orfèvre avec un Singe, un Serpent et une Vipère 26
XV. — Le fils du Roi, le fils de Marchand, le beau-fils de Famille et le Colporteur. 27
XVI. — L'Oiseau Holgos, sa Femelle et l'oiseau Mosan 27
XVII. — La Colombe, le Moineau et le Renard. 28

Section IV. — Manuscrits 29
Section V. — Éditions 29

Pages.
Chapitre II. — Fables de Baldo 32

Section I. — Personnalité de Baldo. 32
Section II. — Analyse des Fables de Baldo. 35
Section III. — Manuscrit des Fables de Baldo. 37
Section IV. — Édition des Fables 38

Chapitre III. — Fables de Raymond de Beziers. 39

Section I. — Analyse de la version simple 40
Section II. — Question à résoudre et solution. 50
Section III. — Analyse de la version interpolée. 58
Section IV. — Questions à résoudre et solutions. 66

Première question 66
Deuxième question. 71
Troisième question. 72

Paris. — Typ. Firmin-Didot et Cie, 56, rue Jacob. — 35907.

www.ingramcontent.com/pod-product-compliance
Ingram Content Group UK Ltd.
Pitfield, Milton Keynes, MK11 3LW, UK
UKHW020339250726
13967UKWH00005B/2024